Le baiser devant le Sphinx

Barbara Cartland est une romancière anglaise dont la réputation n'est plus à faire.

Plus de trois cents romans variés et passionnants mêlent aventures et amour.

Les Éditions J'ai lu *en ont déjà publié plus d'une centaine que vous retrouverez dans le catalogue gratuit disponible chez tous les libraires.*

Barbara Cartland

Le baiser devant le Sphinx

traduit de l'anglais par H. de LAVERGNE

Éditions J'ai lu

Ce roman a paru sous le titre original :

MOONLIGHT ON THE SPHINX

NOTE DE L'AUTEUR

Ourabi Pasha ne retourna en Egypte qu'en 1901 après qu'il se fut révolté et qu'il eut été banni. Il mourut en 1911, comme un héros national.

Quand Ourabi Pasha fut vaincu par les Anglais, le gouvernement égyptien était au bord du chaos. Lord Cromer vint des Indes pour rétablir l'ordre. Sur la citadelle de Saladin, au-dessus des glorieux minarets de l'antique cité du Caire, on put voir flotter le drapeau de l'Union, tandis que la garnison britannique tenait la ville en joue.

Cromer ne se contenta pas de rétablir l'ordre. Il devint en quelque sorte le souverain absolu de l'Egypte. Des projets de grande envergure furent lancés, tel le premier barrage d'Assouan. Le travail forcé fut aboli, les chemins de fer reconstruits, l'armée reprise en main...

Pour tous, Cromer était devenu désormais : « Le Lord ».

1

1896

L'homme enjamba le bord du toit en terrasse et s'y suspendit par les mains, avant de se laisser tomber souplement sur un balcon en contrebas.

Aucune issue de ce côté-là : la fenêtre était fermée par des volets de fer, et l'homme essaya en vain de les forcer. Il regarda autour de lui.

Dans la ruelle, des gens levaient la tête et le regardaient avec étonnement. Ils n'étaient pas très nombreux, car ce n'était qu'une impasse sordide comme il s'en trouve dans tous les ports et, en particulier, dans la ville d'Alexandrie.

Les inévitables rôdeurs s'y donnaient rendez-vous pour y échanger informations et objets volés. Les Egyptiens sont curieux de nature et l'homme, sur le balcon, savait que ses faits et gestes seraient rapportés dans moins d'une minute au propriétaire de l'hôtel. Il remarqua une descente d'eaux usées qui faisait saillie sur le mur, non loin de lui; il se pencha pour la saisir et s'y accrocher.

Il cherchait des yeux une fenêtre ouverte et en vit une, à l'étage au-dessous; avec une agilité qui révélait une certaine expérience, il progressa jusqu'à l'ouverture et se glissa dans le bâtiment.

Il était dans une salle de bains inoccupée. Sans

perdre son sang-froid, l'homme ouvrit les robinets à fond, ôta ses vêtements, les roula en boule et les poussa dans l'espace entre la baignoire et le mur. C'était une baignoire standard du style de celles que les Anglais avaient installées dans tout le Moyen-Orient, et même jusqu'en Inde : plutôt ventrue, bien campée sur ses quatre pieds de fonte, elle laissait à l'une de ses extrémités un recoin permettant de glisser un objet quelconque qui ne risquait pas d'être découvert.

L'intrus examina la pièce et aperçut une pile de serviettes propres sur une étagère; mieux encore, un long peignoir pendait à une patère, derrière la porte. La robe de chambre en tissu-éponge était une autre innovation apportée par les Britanniques dans les meilleurs hôtels d'Egypte. C'était justement ce qu'il lui fallait!

Le temps lui manquait pour prendre un bain; il aurait pourtant beaucoup aimé se détendre dans l'eau tiède. Il lava ses mains salies par le contact de la canalisation rouillée, puis passa sur son visage et ses cheveux une serviette humide; il la jeta ensuite sur le sol négligemment.

Il enfila le peignoir, noua la cordelière autour de sa taille et ouvrit la porte; elle donnait sur un long corridor qui courait sur toute la longueur de l'hôtel.

A l'autre extrémité, deux Egyptiens mal vêtus apparurent en haut d'un escalier; il referma le battant et laissa une mince fente pour les observer sans être vu; il fut témoin d'une courte conversation entre les nouveaux venus et une employée qui venait à peine de sortir d'une chambre avec un plateau.

Les deux individus parlaient à voix basse; leur intonation était pressante; ils insistaient pour se faire ouvrir certaines chambres à l'aide d'un passe-partout. La femme de chambre céda enfin et les fit entrer dans la pièce la plus proche de l'escalier.

Dès que les deux hommes eurent disparu à l'intérieur, notre aventurier sortit de sa chambre. Au même instant, la porte située de l'autre côté du couloir s'ouvrit et un employé apparut avec un plateau de petit déjeuner à moitié vide. Derrière lui, on pouvait voir le profil d'une très jeune femme blonde, adossée à ses oreillers. Elle se penchait pour déplier le journal du jour.

Sans hésiter, l'homme fit un pas vers le battant que le domestique refermait.

– Oh, pardon, monsieur! dit l'Egyptien en s'effaçant.

– Montez-moi des œufs pochés, du café, des croissants, du beurre et de la confiture!

– Tout de suite, monsieur.

L'homme entra posément dans la chambre. Son regard impérieux rencontra de grands yeux gris, offusqués, puis bientôt inquiets.

Avant que la jeune femme ait eu le temps de crier, il se penchait vers elle, un doigt sur les lèvres... Elle resta silencieuse et l'on entendit les pas traînants du serveur qui s'éloignait dans le couloir.

Lady Octavia Birkenhall avait dévoré jusqu'à la dernière miette de son petit déjeuner : elle pensait ainsi pouvoir économiser son repas de midi. Elle songea au lieu où elle aurait dû se trouver à cette heure-là et frémit.

Elle enfouit son visage dans ses mains, cherchant fébrilement la meilleure conduite à tenir.

Il lui semblait qu'elle avait quitté l'Angleterre depuis un siècle! Pourtant cela faisait tout juste une semaine que Tony était entré dans sa chambre, à Birkenhall, pour la réveiller.

Elle dormait profondément, car elle était épuisée d'avoir eu à veiller son père, tenir la maison et préparer un repas convenable pour Tony qui était arrivé de Londres tard dans l'après-midi.

Son frère s'était montré d'humeur très sombre, ce qui n'avait rien d'étonnant dans leur situation. Octavia s'était donné du mal pour lui cuisiner ses plats favoris. Elle avait monté de la cave l'une des dernières bouteilles de vin; il avait apprécié son geste. Il avait bu et parlé, parlé, mais Octavia était si lasse que les mots n'avaient plus de sens pour elle.

Le repas terminé, quand elle s'était levée pour ranger le couvert, il lui avait dit gentiment :

– Je vois que tu ne m'écoutes pas. Laisse la vaisselle et va te coucher.

– Mais... et papa?

– C'est moi qui le veillerai cette nuit. Si par hasard il reprenait conscience, je viendrais te chercher.

– Tu me le promets? Il n'a pas bougé de la journée. Le médecin est passé cet après-midi et il ne m'a pas caché que les chances de guérison étaient très faibles...

Elle avait vu se durcir le visage de son frère, et avait ajouté :

– Je dors debout! Tu sais que personne ne veut plus travailler ici, sauf Mme Coles...

Mais, en disant ces mots, elle songea que la vieille femme ne pouvait plus faire grand-chose; et c'était pour cette raison qu'elle demandait si peu. D'autres employées n'hésitaient pas à réclamer des pauses, du thé, le déjeuner et, bien sûr, un salaire décent.

Avant de repartir pour Londres, Tony avait fait ses adieux à sa sœur non sans souligner la gravité de leur situation financière; et les choses n'étaient pas prêtes de s'améliorer! Toutefois, la jeune fille allait pouvoir jouir d'un court répit avant de connaître le pire, puisque son frère lui offrait une bonne nuit de repos. Elle lui en était reconnaissante.

Néanmoins, elle ne pouvait s'empêcher de penser qu'il lui faudrait regarder la réalité en face, si dure fût-elle. Son esprit était comme paralysé. Elle ne parvenait pas à concevoir l'ampleur des dettes de son père.

Plus tard... Plus tard... se disait-elle.

Son frère l'accompagna dans l'escalier en la tenant par les épaules. Il regardait son petit visage amaigri :

– Ma pauvre Octavia! Tu as été un ange! Personne n'en aurait fait autant! Tâche de bien dormir. Reprends des forces pour demain.

– Merci. Tu es gentil... Je tombe de sommeil!

En passant devant la chambre de son père elle ne put s'empêcher d'y entrer un instant.

Le soleil couchant disparaissait derrière des chênes centenaires du parc. Ses derniers rayons balayaient l'immense pièce réservée au maître de maison depuis des générations.

Le quatrième comte de Birkenhall, étendu sur un lit à baldaquin drapé de rideaux rouges, ne faisait pas un mouvement. Une attaque l'avait terrassé deux semaines plus tôt et il était tombé dans un coma profond. Ses yeux restaient clos, ses lèvres demeuraient muettes. On avait du mal à croire qu'il respirait encore.

Mais il vivait toujours et le médecin avait répété lors de sa dernière visite :

– Tant qu'il y a de la vie, on peut tout espérer!

Pour ne pas le choquer, Octavia n'avait pas osé lui répondre qu'honnêtement elle souhaitait plutôt pour son père une mort rapide, sans qu'il ait repris conscience.

– J'aimerais me montrer plus utile, Lady Octavia! avait-il encore ajouté. Je suis navré de vous savoir seule à soigner Lord Birkenhall et à tenir cette trop vaste demeure. Je...

– J'y arrive très bien! avait coupé la jeune fille.

Toutefois, en présence de Tony, elle avait eu envie de s'abandonner et de lui confier son désarroi et sa fatigue. Les choses ne pouvaient continuer ainsi!

Dès que sa tête s'était posée sur l'oreiller, Octavia s'était endormie. Tony avait eu le plus grand mal à la réveiller, quelques heures plus tard.

– Allons! Secoue-toi! Tu dois m'écouter!

Ne pouvait-il la laisser tranquille? Elle avait tellement besoin de sommeil!

– Octavia! Je t'en prie!... Papa est mort!

La jeune fille ouvrit les yeux et regarda fixement son frère. Ses paroles n'avaient plus de sens pour elle. Se soulevant sur un coude, elle bégaya :

– Qu'est-ce que tu dis?

– C'est vrai! Il est mort.

– Je vais aller le voir tout de suite!

– A quoi bon? Son cœur a cessé de battre. Il ne respire plus. J'ai tâté son poignet : on ne sent plus son pouls.

– Pauvre papa...

– Au contraire! s'écria Tony d'une voix amère. Pauvres de nous! C'est à nous que nous devons penser, maintenant!

– Ce qui signifie?

– Dès que tu seras habillée, nous partirons d'ici.

– Partir? De Birkenhall? Je ne comprends pas!

– Ecoute-moi bien. J'ai essayé de t'expliquer les

choses hier soir, mais tu n'as rien écouté. A présent, les mots sont inutiles : il faut agir!

– Oh, Tony, je ne comprends toujours rien...

Son frère s'assit sur le bord du lit et demeura silencieux un moment. Puis il demanda :

– Sais-tu exactement à combien se montent les dettes de notre père?

– Je ne veux même pas y penser!

– Je vais te le dire quand même : cinquante mille livres!

– Non! Je ne te crois pas!

– C'est pourtant la vérité. Je suis allé voir notre homme d'affaires, à Londres, et il m'a dit le chiffre exact. Octavia, tu sais que nous n'avons rien pour payer ces dettes.

– Que pouvons-nous faire?

La jeune fille était épouvantée. Tony suggéra :

– Partir! L'homme d'affaires ouvrira le testament de papa et il se débrouillera pour régler cette affaire!

– Non! C'est impossible! C'est trop abominable!

Tony prit les mains de sa sœur entre les siennes.

– Ecoute-moi! J'ai envisagé toutes les solutions. Papa nous a fourrés dans une situation sans issue. La seule chose à faire, c'est de fuir. Fuir les créanciers, les journalistes à scandales, les usuriers, les curieux, toute cette foule qui va se précipiter ici pour remuer la boue et nous salir...

– Mais c'est agir comme des lâches... murmura la jeune fille.

– Comment pourrions-nous rembourser les dettes quand nous n'avons plus rien pour nous? reprit Tony, la mine sombre.

Octavia parcourut du regard sa jolie chambre aux meubles anciens, les boiseries décorées de tableaux.

Comme s'il devinait ses pensées, Tony reprit :

– Cette maison et tout ce qu'elle contient font partie d'un héritage inaliénable, propriété du chef de famille. Elle ne sera pas vendue.

Il éclata d'un rire sans gaieté, avant de poursuivre :

– Notre père a mis en gage tout ce qui avait de la valeur! Tu le sais comme moi. Il ne nous restera que des rideaux fanés, des fauteuils mités et des tapis usés jusqu'à la corde! Dieu merci, pendant mon dernier séjour ici, j'ai pu trouver quelques objets grâce auxquels nous subsisterons tous les deux, pendant un certain temps...

– Comment cela?

– J'ai suivi l'exemple de papa! J'ai vendu les dernières pièces de l'argenterie et les porcelaines du salon bleu.

Octavia poussa un cri.

– Les porcelaines de maman! Comment as-tu osé? Même papa n'y avait jamais touché!

– Ma pauvre sœur, j'aurais préféré ne pas m'en séparer, mais crois-tu que les créanciers auront ce genre de scrupules? Il valait mieux penser à nous d'abord. Essaie de le comprendre.

Tony posa gentiment la main sur l'épaule d'Octavia.

– Nous devons avoir de quoi manger tous les deux, poursuivit-il. Et surtout, le plus important, nous devons payer notre voyage pour l'Egypte!

– L'Egypte! Mais tu es fou! Pourquoi voudrais-tu partir en Egypte?

Le jeune homme éclata de rire à nouveau et Octavia pensa qu'il était très séduisant lorsqu'il quittait son air soucieux.

Tony baissa la voix :

– J'ai appris que le yacht de Virginia ferait escale dans le port d'Alexandrie, la semaine prochaine. Il paraît qu'elle veut visiter Le Caire. J'aimerais l'y retrouver.

Octavia considérait son frère en silence. Elle savait qu'il était très épris d'une ravissante Américaine, extrêmement riche, qui avait fait des débuts très remarqués dans la haute société.

Mais, si Tony fréquentait le grand monde, il n'en avait jamais été de même pour sa sœur; il n'était pas question, pour le comte, de dépenser de l'argent pour habiller Octavia, la présenter à la reine ou donner un bal en son honneur; et elle n'avait aucune chance de rencontrer le genre de messieurs que la comtesse aurait pu recommander à sa fille.

Dans le cas du jeune homme, les choses étaient bien différentes, et Tony affirmait :

– Tant que j'aurai des vêtements convenables, j'accepterai les invitations qui ne me coûtent rien!

Son charme et son habileté dans tous les sports faisaient qu'on recherchait sa compagnie. La pauvreté n'était donc pas aussi dure à supporter dans son cas.

Chaque fois qu'il revenait à Birkenhall, il parlait longuement de Virginia Vanderby, la fabuleuse héritière. Il ne cachait pas que sa fortune l'attirait, mais son élégance et sa beauté le subjuguaient littéralement.

Il ne se faisait pas d'illusions : cette jeune fille qui avait le monde à ses pieds n'envisagerait jamais d'épouser un prétendant sans le sou.

C'est précisément ce qu'Octavia était en train de se dire. Son frère devina le cours de ses pensées et prit la peine de lui donner quelques explications.

– Les choses ont changé; je suis le cinquième comte de Birkenhall et je crois que Virginia éprouve un penchant pour moi; en outre, tu sais combien les Américains apprécient les titres de noblesse!

Il parlait avec un rien d'amertume. Son amour pour Virginia n'avait que peu de poids, sans argent ni position dans le monde.

Octavia le comprenait. Pour sa part, elle s'était juré de se marier par amour. Et elle avait eu tout le temps, dans la solitude du manoir, d'évoquer celui qui viendrait un jour lui offrir son cœur et son nom.

Tony avait d'autres projets. Il avait assez souffert des prodigalités de son père, aussi était-il résolu à épouser une « dot » qui lui permettrait de rendre à Birkenhall son ancienne splendeur, puis d'y vivre en menant grand train, comme l'avait fait autrefois son grand-père.

Lorsqu'on y réfléchissait, c'était le train de vie du troisième comte qui était à l'origine de leurs malheurs. Superbe cavalier, sportif accompli, leur grand-père avait donné des fêtes dont on parlait encore.

« C'était le bon temps! avaient coutume de s'exclamer les vieilles gens du village.

Et son père évoquait les heures dorées de sa jeunesse avec nostalgie, comme s'il décrivait un paradis perdu. Les bals succédaient aux parties de chasse, les pique-niques aux courses... On pariait sur tout et n'importe quoi, sur les chances de tel cavalier, sur la couleur de telle carte à jouer. Les enjeux atteignaient souvent des milliers de livres.

L'adolescent s'était tout naturellement glissé dans les pas de son père et avait même rêvé de le surpasser. Mais lorsqu'il reçut le titre de quatrième comte, il découvrit que le monde avait changé.

Les prix montaient, les sources de revenus des propriétaires terriens diminuaient notablement. Certaines cultures n'étaient plus rentables. Il fallait moderniser, c'est-à-dire investir.

Le nouveau comte de Birkenhall avait éclaté de

rire lorsque son homme d'affaires lui avait expliqué la situation. Confiant dans sa chance au jeu, il avait risqué des paris de plus en plus gros, des paris qu'il ne pouvait honorer. Il avait dû vendre peu à peu tous ses biens aliénables et hypothéquer les autres. Finalement, c'est un commandement d'huissier qui avait déclenché la crise cardiaque dont il ne s'était pas remis.

Maintenant, ce père si prodigue de ses biens mais si avare de tendresse était mort. Mais ce n'était pas une raison pour l'abandonner dans une maison vide!

– Attendons le jour des funérailles, suggéra la jeune fille.

– Pourquoi? Papa s'est-il jamais soucié de nous! Rien n'a plus d'importance pour lui, à présent, seuls ses créanciers viendront à l'enterrement dans l'espoir de récupérer un dixième de leurs prêts!

Tony parlait d'une voix coupante, sans regarder sa sœur. Il reprit avec plus de gentillesse :

– Je ne veux pas te voir subir une telle humiliation! Et je ne veux pas la subir moi non plus. Nous aurons gagné la mer avant l'arrivée de ces rapaces...

– Mais papa? Seul ici, oublié de tous?

– Tu m'as dit que le médecin passait chaque après-midi. Il s'occupera de l'inhumation. Et Mme Coles? Ne vient-elle pas faire le ménage?

– Je lui ai demandé de ne pas venir aujourd'hui. J'ai si peu d'argent que je ne peux plus l'employer à plein-temps...

– Il fallait m'avertir! Je t'aurais donné quelques livres! Mais il vaut mieux qu'elle ne vienne pas ce matin : cela nous laisse la possibilité de plier bagage et de partir tranquillement, sans prévenir personne.

– Avons-nous le droit d'agir ainsi, Tony?

Il avait quatre ans de plus qu'Octavia et elle avait pris l'habitude de lui obéir sans discuter ses ordres. Elle pensait qu'il avait de l'expérience et qu'il connaissait les usages du monde. Cependant, cette fois, elle s'insurgeait : même si leur père n'avait pas été un modèle, il méritait la présence de ses enfants à son enterrement!

La comtesse, son épouse, avait été la seule personne capable de l'influencer; elle avait toujours su le raisonner doucement et limiter ses extravagances. Hélas, une maladie foudroyante l'avait emportée cinq ans plus tôt et le comte n'avait plus écouté personne. Il ne considérait que son propre plaisir. Son emploi du temps ne lui avait jamais laissé le temps de s'occuper d'Octavia.

C'est ainsi qu'elle était demeurée à l'écart tandis que son père menait joyeuse vie à Londres ou dans les somptueuses propriétés de ses amis. La jeune fille avait du mal à imaginer la ronde sans fin des plaisirs goûtés par l'aristocratie. A partir de midi et jusqu'à une heure avancée de la nuit, ce n'étaient que parties de chasse, ou de cartes, sorties au théâtre, ou au music-hall, réceptions chez les plus grands noms du Gotha.

Et à la fin de ces soirées, il était de bon ton d'achever la nuit avec des demi-mondaines.

Tony savait que son père avait dilapidé une bonne partie de sa fortune en compagnie de ces femmes dont la beauté, comme un aimant, avait l'art de faire surgir l'or et l'argent sur son passage!

Il connaissait aussi le total des sommes perdues sur des chevaux qui ne gagnaient jamais, sur des numéros à la roulette qui ne sortaient jamais...

Il n'ignorait pas davantage l'étendue des ravages que le temps avait infligés à la propriété, une merveille d'architecture Tudor. Il avait recensé plus d'une fois les trous dans la toiture, les vitres brisées, les plafonds tachés d'humidité, les planchers vermoulus.

Il ne pouvait s'empêcher parfois de sermonner son père :

– Quelle négligence! Et l'argent des fermages?... Si j'étais le maître, ici!

Le désespoir dans l'âme, il repartait pour Londres où son père dilapidait ses revenus dans des plaisirs sans lendemain. A part son fils, nul ne s'avisait que l'élégant comte de Birkenhall courait au désastre : son charme lui garantissait le succès, dans toutes les circonstances. Tout le monde, et en particulier le Prince de Galles, raffolait de ce cher « Frankie ».

Son surnom figurait souvent dans les revues de music-hall, parmi les noms les plus célèbres de l'époque. On racontait que les « cocottes » en renom délaissaient ducs et marquis si le comte les invitait à souper.

A présent, ce roi des nuits londoniennes était mort, sans même laisser de quoi payer son enterrement.

– Octavia! Je t'en prie, écoute-moi. Le temps presse!

La jeune fille fit un effort pour écouter son frère.

– Fais ta valise et n'emporte que l'essentiel. J'imagine que ce n'est pas grand-chose! Je ferai de même et j'irai chercher Jake pour qu'il nous conduise à la gare.

Chaque fois que Tony retournait à Londres, il se faisait conduire par le fils d'un fermier jusqu'à la gare voisine. Sa requête n'aurait donc rien d'inhabituel.

Octavia voulait discuter encore, supplier son frère, lui prouver que c'était mal agir que de s'enfuir ainsi... En même temps, elle n'osait penser à la foule des créanciers qui se jetteraient sur eux dès qu'ils sauraient que le comte était mort. Que répondre à tous ces gens spoliés par leur père?

Ce serait, à coup sûr, l'humiliation et le mépris.

Les quelques membres de la famille qui se déplaceraient pour les obsèques ne feraient qu'aggraver la situation. Et encore, s'il en venait! Ils seraient horrifiés par l'étendue du désastre. Chacun dirait : « Je l'avais bien dit! » avec une mine hypocrite, et se garderait d'offrir la moindre consolation réelle.

Le comte n'avait jamais aimé sa famille, qu'il traitait avec condescendance. Ils seraient tous enchantés de prendre leur revanche.

Non, je ne pourrai pas le supporter! pensait Octavia.

Son frère s'était levé et arpentait la chambre :

– Dépêche-toi! Et n'oublie pas que tout ce que tu laisseras ici sera ou vendu ou confisqué.

Ces mots galvanisèrent la jeune fille. Elle entassa dans une petite malle ses chers trésors qui, en réalité, se réduisaient à bien peu de chose.

Elle n'avait pas acheté de robe neuve depuis des années. Son père ne lui donnait en effet que très peu d'argent pour « tenir la maison ». Après la mort de sa mère, elle avait été obligée d'envoyer des lettres urgentes à Londres pour réclamer de l'argent afin de payer la gouvernante, les domestiques et les jardiniers.

Parfois elle recevait quelques guinées, mais ce n'était jamais suffisant. La gouvernante avait cherché un autre poste; les vieux serviteurs avaient pris leur retraite et les jeunes s'étaient embauchés ailleurs. Les écuries étaient vides : il avait fallu vendre les chevaux. Plus de fleurs dans les jardins, mais des mauvaises herbes partout... Et la poussière sur les meubles et les planchers. Le lierre envahissait la façade, et Octavia restait seule.

Elle espérait que quand son père reviendrait au château, elle lui ferait comprendre ses difficultés; la situation s'améliorerait!

Mais quand le comte faisait une rapide apparition sur ses terres, lui-même était au bout du rouleau et cherchait à fuir ses créanciers.

Ses séjours étaient progressivement devenus plus longs; il n'avait plus les moyens de briller dans le monde des viveurs... Aussi rôdait-il à travers la maison, cherchant quelque objet qu'il pût vendre. Il avait vidé le contenu des caves, et c'était nouveau pour Octavia qui ne l'avait jamais vu ivre auparavant; il aimait le bon vin comme la bonne chère, mais sans excès. Et voilà que, soudain, la boisson était devenue pour lui le moyen d'oublier la réalité. L'abus d'alcool n'était peut-être pas étranger à son attaque, de même que cette lettre qui l'avait rendu blanc de rage. Il était ensuite devenu écarlate, et avait débité une série de jurons dignes d'un charretier. Puis, avec un curieux bruit de gorge, il s'était effondré et n'avait plus repris conscience.

Par chance, Tony se trouvait à Birkenhall, ce jour-là. Il avait couru chercher du secours pour transporter au premier étage son père inanimé : on l'avait couché dans son grand lit, puis quelqu'un était allé prévenir le médecin qui avait prononcé quelques mots rassurants et promis de passer chaque jour...

Maintenant, tout était fini.

Octavia entra dans la chambre de son père et considéra longuement le défunt. Etait-ce le même homme que celui qui, il y a peu, était le plus gai, le plus élégant et le plus populaire des Londoniens? Ce n'était pas son père qui gisait là, mais une dépouille sans âme. « Frankie » Birkenhall était ailleurs, à rire, à jouir de la vie, à jeter l'argent par les fenêtres!

Elle s'agenouilla au pied du lit et pria.

Elle aurait voulu recommander à Dieu l'âme de son père mais, très vite, ses invocations devinrent des appels au secours pour son frère et pour elle-même.

– Seigneur, veillez sur nous... Que devons-nous faire? Où aller? Nous avons tant besoin de votre aide! Ne nous abandonnez pas!

Des larmes coulaient sur ses joues, mais ce n'était pas parce qu'elle regrettait son père. Octavia pleurait sur deux enfants perdus, seuls au monde. Elle avait un besoin physique de retrouver sa mère, de sentir sa présence consolatrice. Elle aurait voulu se cacher au creux de ses bras et tout oublier.

Elle avait traversé des heures d'angoisse; elle avait vu s'écrouler autour d'elle tout un univers confortable et protégé. Elle avait cherché désespérément de quoi survivre. Toutefois, il restait encore un toit familier au-dessus de sa tête, en mauvais état certes, mais un toit cependant.

Et voilà que Tony venait l'arracher au seul monde qu'elle connût pour l'entraîner de l'autre côté de la Méditerranée, dans un pays inconnu et hostile.

Que se passerait-il en Egypte? Quel serait leur destin, si loin de l'Angleterre? Octavia sentait la peur qui l'étreignait. Mais qu'aurait-elle pu décider? Elle n'avait qu'une chose à faire : obéir à Tony et l'accompagner.

Elle envisageait l'avenir comme un tunnel dont elle n'atteindrait jamais l'issue. Son frère avait promis de veiller sur elle mais saurait-il tenir ses engagements?

Octavia se souvint qu'elle voulait prier son père : elle récita une courte invocation afin qu'il trouve la paix et le repos.

Elle ne voulait plus penser à lui comme à un homme accablé marqué prématurément par la vieillesse et la dissipation. Elle préférait se rappeler le père brillant qu'elle admirait, petite fille. Le fameux cavalier qui volait au-dessus des obstacles et qui voulait bien, quelquefois, l'asseoir à l'avant de sa selle.

Comme ils riaient, tous les deux! Et quel plaisir quand il la lançait en l'air, dans sa chambre, pour la rattraper aussi facilement que si elle eût été une poupée!

Elle croyait encore entendre leurs rires joyeux résonner à travers les pièces, ricocher sur le lac et se mêler aux pépiements des oiseaux dans le parc...

Il était si beau, si maître de lui, si plein d'entrain!

– On ne peut discuter avec ton père, disait parfois la comtesse. Il finit toujours par imposer son point de vue!

Il avait toujours eu ce qu'il voulait, presque jusqu'à la fin de sa vie.

Mais, à cause de cela, il n'avait rien laissé à ses enfants, sinon des dettes que nul n'aurait pu rembourser. Octavia comprenait enfin pourquoi Tony voulait fuir, le plus loin et le plus vite possible.

Ce fut seulement lorsqu'ils se retrouvèrent dans le train du matin en direction de Londres, que le jeune homme fit part de ses projets à sa sœur.

– Nous embarquerons à Tilbury. Les bateaux y sont moins confortables qu'à Southampton mais beaucoup moins chers, et nous devons économiser le moindre penny.

Octavia était entièrement de son avis.

Comme ils étaient seuls dans leur compartiment de seconde classe, ils purent s'exprimer sans contrainte.

– J'ai décidé de t'emmener avec moi en Egypte,

continua Tony, car je jugeais inhumain de te laisser seule face aux créanciers.

– J'aurais été terrifiée par tous ces gens...

– Les pires sont encore les journalistes! S'ils ne trouvent personne à Birkenhall, ils auront du mal à écrire leurs articles...

Octavia s'étonna :

– Des articles?

– Papa était célèbre à sa façon. Je me trouvais à Londres quand la nouvelle de son attaque a commencé à circuler. Au moins dix reporters m'ont accosté pour me demander des détails : était-il vraiment ruiné, allait-il mourir, etc.

– Mais pourquoi? En quoi cela les concerne-t-ils?

– Ils pensaient simplement faire un « bon papier », avec les derniers potins, les lieux de plaisir ou... que sais-je? Souviens-toi, le nom de notre père était toujours cité quand il s'agissait de décrire une réception, une cérémonie importante, les courses d'Ascot ou un bal costumé.

– Que pourraient-ils écrire maintenant que père est mort?

– Beaucoup de choses, et fort déplaisantes, crois-moi! Je préfère que tu ne sois pas là pour les lire!

Tony parlait durement, comme s'il réprimait à la fois sa colère et son dégoût. Il ajouta :

– C'est une des raisons pour lesquelles nous devons quitter l'Angleterre : la mémoire de notre père sera salie. En second lieu, je ne veux pas être injurié parce que je suis incapable de rembourser ses dettes colossales.

Le jeune homme laissait libre cours à son amertume. Octavia posa une main sur son bras.

– J'ai confiance en toi! Je suis sûre que tu trouveras le moyen de nous sortir de là.

– Je n'en vois guère pour le moment... sauf si Virginia veut bien m'épouser.
– Tu ne peux rien faire d'autre?
– Je ne désire rien d'autre... J'aime sincèrement Virginia! Je la trouve adorable! Mais je comprendrais qu'elle ne veuille pas se lier pour la vie à un traîne-misère.
Octavia songea que si elle était vraiment amoureuse d'un homme elle l'épouserait, même s'il n'avait ni titre ni fortune.
Bien sûr, les héritières comme miss Vanderby, qui pouvaient choisir un prétendant à leur goût, jugeaient ses idées bien sottes, aussi Octavia estima-t-elle plus prudent de les garder pour elle.
– Si Papa n'avait pas gâché ma vie, reprit Tony, j'aurais pu être militaire. Malheureusement, l'armée ne nourrit pas son homme. Il faut pouvoir compter sur un revenu fixe, et je ne savais jamais quand un peu d'argent me tomberait du ciel... C'était hors de question.
– Ne peux-tu trouver des ressources, d'une manière ou d'une autre?
– Et comment donc? Ne crois pas que je n'ai jamais réfléchi au problème! Les fils de famille ne travaillent pas, sous peine de se déconsidérer. De plus, quelles sont mes compétences? Je ne sais que faire une chose : jouir de l'existence, comme le faisait si brillamment notre cher père!
Octavia poussa un soupir.
– Quand miss Vanderby te reverra, elle sera si heureuse qu'elle voudra te garder auprès d'elle! J'en suis sûre! N'importe quelle jeune fille serait trop heureuse que tu demandes sa main!
Tony éclata de rire et embrassa gentiment sa sœur.
– Petite prophétesse! Et toi? Il me semble que nous devrions nous occuper de ton mariage plutôt

que du mien. Nous allons nous mettre en quête d'un riche prétendant!

Pendant un moment Octavia crut qu'il plaisantait, puis elle réalisa qu'il était tout à fait sérieux.

– Non! lança-t-elle. Je n'en veux pas!

– Ne sois pas idiote, ma pauvre chérie! Tu n'as pas d'autre issue, voyons... Il paraît que Le Caire est plein d'officiers britanniques, de touristes, d'ingénieurs, sans compter les attachés d'ambassade et les savants! Tu auras un choix beaucoup plus large qu'à Londres, et beaucoup moins de rivales!

Octavia le regardait, les yeux ronds.

– D'ailleurs, soit dit en passant, je te trouve très jolie! Habillée convenablement, tu ferais impression, j'en suis certain. Mieux, tu briserais les cœurs par douzaines!

La jeune fille aurait voulu répondre que cette perspective lui faisait plus peur que plaisir, mais les mots s'étranglaient dans sa gorge. Elle resta immobile à écouter son frère développer longuement ce sujet.

Enfin ce fut Londres. Le train entra en gare de Waterloo et les deux voyageurs prirent un fiacre pour rejoindre la correspondance pour Tilbury.

Le trajet pour cet avant-port de Londres était très court, et le train bondé. Il fallut ensuite chercher le quai où était amarré un bateau à vapeur qui tenait plus du cargo que du paquebot, et qui devait gagner Alexandrie en une semaine.

Le voyage n'avait pas été agréable. Octavia s'en souvenait avec déplaisir. Les cabines étaient étroites et inconfortables, les passagers vulgaires et entreprenants. La mer avait tout de suite commencé à malmener le navire qui tanguait et roulait.

Octavia, prise de nausées, n'avait pu quitter sa couchette.

Epuisée par les veilles et les soucis, la jeune fille dormit presque jour et nuit pendant toute la traversée. Malgré l'inconfort de sa couchette, l'odeur qui montait de la soute et le fracas des vagues, elle réussit à prendre du repos.

L'appétit lui revint quand le bateau pénétra en Méditerranée, elle découvrit, émerveillée, le bleu du ciel et des vagues, la douceur du soleil, les jeux des dauphins qui venaient mendier leur nourriture.

Elle oublia bientôt la grisaille de l'Angleterre et en vint à croire qu'un avenir prometteur l'attendait peut-être en Egypte.

Malheureusement, elle ne pouvait échapper aux regards insistants des passagers masculins et souffrait de l'inconfort de sa chambre minuscule. Aussi fut-elle heureuse de débarquer au port d'Alexandrie.

Eblouie dès l'abord par cette ville cosmopolite, Octavia résolut de ne plus penser à sa désagréable traversée. Tony s'était empressé de trouver un hôtel avant de partir à la recherche de sa bien-aimée.

Il revint assez vite, souriant, ravi et débordant d'enthousiasme. Il annonça que le yacht était à quai, mais que Virginia explorait la ville et ne rentrerait à bord que pour dîner.

– Je suis très contente pour toi, dit Octavia. Tu n'as pas fait ce long voyage pour rien!

Tony expliqua :

– Je crois que les invités sont nombreux sur le bateau! Nous l'accompagnerons au Caire, et je suis sûr que tu trouveras les garçons agréables, même si ce sont des Américains. Tu vas t'amuser, je te le promets!

Octavia comprit qu'il n'avait pas oublié son projet de la marier. Elle réprima un frisson de peur :

comment aurait-il pu deviner qu'elle avait peur des hommes? Elle n'avait pas l'habitude de leur compagnie et en avait rencontré si peu!

Que dire à ces jeunes gens insouciants et vêtus à la dernière mode? Ils la jugeaient stupide car elle avait toujours vécu à la campagne et ne connaissait rien des sujets qui les amusaient.

Toutefois, la bonne humeur de Tony était communicative; il rayonnait de joie et Octavia en conclut qu'il n'était pas seulement attiré par la fortune de Virginia mais qu'il l'aimait vraiment pour elle-même.

Vers six heures de l'après-midi, le jeune homme se prépara à retourner au bassin des yachts. Il contenait mal son impatience.

– Surtout, ne défais pas ta valise! ordonna-t-il à sa sœur. J'espère que nous pourrons embarquer dès ce soir sur le *Manhattan*. Ou demain matin, au plus tard.

Octavia obéit. Comme elle n'osait pas sortir seule dans les rues d'Alexandrie, elle resta dans sa chambre à l'attendre.

Il revint tard dans la soirée.

Quand il frappa doucement à la porte de sa chambre, la jeune fille bondit pour lui ouvrir. Elle remarqua immédiatement son air gêné.

– Tony, que se passe-t-il? Quelque chose ne va pas?

Il vint s'asseoir sur le lit et garda le silence un moment. Il semblait chercher ses mots.

– Non... ce n'est pas cela... mais j'ai peur que tu ne sois pas très contente...

– Je t'en prie, explique-toi! jeta nerveusement Octavia.

– Elle a été ravie de me voir! Oui, je crois que je lui ai manqué. Mais, elle ne veut plus aller au Caire.

Octavia le considérait en fronçant les sourcils. Tony gardait les yeux fixés sur le tapis et ne pouvait se décider à poursuivre.

– C'est cela qui t'ennuie? Je ne comprends pas! s'écria la jeune fille.

– Elle préfère visiter Constantinople. On l'a persuadée que cette ville est beaucoup plus intéressante.

– Constantinople? Oh, sans doute! La Corne d'or, et toutes les mosquées!

– Elle m'a proposé de m'y emmener, mais ses invités sont si nombreux qu'il n'y a pas de place pour toi! Voilà...

La voix de Tony était devenue à peine audible. Il releva la tête pour étudier l'expression de sa sœur.

– Que veux-tu dire? Tu partirais d'ici sans moi?

– Ecoute, c'est très simple : j'ai encore assez d'argent pour que tu rentres en Angleterre.

– Chez nous? Je ne comprends plus! Tu disais que nous devions absolument nous éloigner de Birkenhall...

– Le temps de ton retour par mer, le plus gros du scandale sera passé. Chaque jour des bateaux quittent Alexandrie pour l'Angleterre. Je vais demander au portier de l'hôtel de te retenir une cabine sur le prochain. Car je dois retrouver Virginia dès ce soir. Elle veut lever l'ancre à l'aube. Octavia, essaie de comprendre! Il faut que je l'accompagne! Sinon...

Les doigts de Tony se crispèrent sur ceux de sa sœur à lui faire mal, tandis qu'elle essayait de retenir ses larmes.

– Oui, évidemment! Elle est si entourée, n'est-ce pas? Elle ne supporterait pas un refus... acquiesça la jeune fille d'une voix blanche qu'elle ne reconnut pas elle-même.

Tony n'osait pas montrer son soulagement.

– Je me débrouillerai, ne t'inquiète pas pour moi! ajouta Octavia.

– Tu es un ange, un vrai trésor! Un jour je te revaudrai ça, j'en fais la promesse!

Il se voit déjà marié avec Virginia, songea la jeune fille.

– Tout ira bien, il n'y a pas de raison! dit-elle avec force, pour se rassurer. Ne perds pas ton temps avec le portier, je m'occuperai moi-même de mon passage.

Tony avoua tout de même qu'il avait mauvaise conscience :

– Octavia, j'ai l'impression d'être un lâche, un frère au-dessous de tout!... Je l'ai suppliée de te prendre sur le *Manhattan*, mais il n'y avait plus de place pour une femme. Elle m'a casé avec un autre célibataire...

– Je t'assure que je suis capable de rentrer seule en Angleterre! Je ne suis plus un bébé! Donne-moi une adresse où écrire. Je te donnerai des nouvelles au sujet de la succession.

– Hôtel Ritz, à Londres, aux bons soins de miss Vanderby. On fera suivre.

Le jeune homme serra Octavia contre lui avec fougue.

– Tu es merveilleuse! Personne n'a une sœur comme moi.

Puis il regarda sa montre et poussa une exclamation :

– Je dois filer! Au revoir, ma chérie!

Comme il ouvrait la porte, Octavia le rappela :

– Tony, je n'ai pas un sou...

– Oh, mon Dieu, j'oubliais! J'ai payé la note de l'hôtel pour nous deux. Voici pour la traversée.

Il sortit une liasse de billets de son portefeuille.

– Voilà vingt-cinq livres. Je tâcherai de t'envoyer quelque chose, plus tard.

Octavia ne regarda pas l'argent qu'il lui mettait dans les mains. Elle essayait de contenir ses larmes et résistait pour ne pas se jeter à son cou et le supplier de rester.

Car en réalité elle était terrifiée à la perspective de se trouver seule dans cette grande ville étrangère...

Au moment où la détresse allait l'emporter sur son courage, elle vit son frère gagner la porte et disparaître avec un dernier sourire.

Elle l'entendit commander à un porteur de descendre sa valise. Il revint en coup de vent dans la chambre pour s'assurer qu'il n'oubliait rien, puis courut vers l'escalier.

Octavia ne pouvait compter que sur elle-même. Elle n'avait personne vers qui se tourner, en cas de malheur...

2

Pendant une longue minute, l'homme drapé d'un peignoir blanc resta immobile, le doigt sur les lèvres. Puis il se détourna pour baisser le store.

– Vous vous êtes trompé de chambre! protesta vivement la jeune fille. Voulez-vous sortir!

– Oh! Vous parlez anglais! Merci, mon Dieu! J'avais deviné en vous une de mes compatriotes à voir la couleur de vos cheveux.

Octavia le regardait avec inquiétude. Il s'approcha du lit :

– Puisque nous sommes de la même nationalité, vous ne refuserez pas de m'aider! Je suis dans une situation presque désespérée!

La première pensée d'Octavia fut qu'il avait besoin d'argent, et elle se demanda comment lui expliquer ses propres difficultés.

– J'aurais peut-être l'air de faire du mélodrame si je vous affirme qu'il s'agit d'une question de vie ou de mort... continua l'intrus. Mais c'est pourtant ma vie qui est en cause!

Octavia avait-elle affaire à un fou? Il enchaîna :

– Dans quelques secondes, deux hommes feront irruption dans votre chambre. Ils sont à ma poursuite. Si vous me dénoncez – je vous jure que c'est la vérité – vous signez ma condamnation à mort.

Il parlait d'une voix basse et pressante, et la jeune

fille en fut impressionnée. Elle commençait à croire à son histoire.

– Permettez-moi de me faire passer pour votre mari! J'aurai ainsi une chance de m'en tirer.

Avec un courage qui l'étonna elle-même, Octavia répondit :

– Je ne comprends pas, mais je veux bien vous aider...

– J'entends quelqu'un, coupa l'homme. Allongez-vous et faites semblant de dormir.

Octavia voulut protester mais il lui prit le journal des mains. D'un mouvement rapide, il ouvrit les draps et se glissa à côté d'elle.

La jeune fille ouvrait la bouche pour crier quand des coups secs furent frappés en rafale contre la porte, puis elle perçut le bruit d'une clé tâtonner dans la serrure.

Comme l'inconnu restait au bord du lit sans chercher à se rapprocher d'elle, Octavia s'enfouit sous les couvertures et ferma les yeux.

Elle entendit son voisin déplier les pages du journal. La porte s'ouvrit brutalement et des pas lourds résonnèrent dans la pièce.

Octavia entrouvrit les paupières et découvrit deux hommes de type égyptien. L'un portait le fez traditionnel et un pantalon bouffant, l'autre une veste à l'européenne d'une affreuse couleur marron et jaune chinée.

La servante, qui avait fait usage de son passe-partout, restait en retrait, mal à l'aise.

Calme, l'inconnu posa son journal et s'enquit d'un ton sec :

– Pourquoi cette intrusion? Que désirez-vous?

Les arrivants examinaient la pièce sans vergogne, visiblement soupçonneux. L'un d'eux ouvrit la penderie; elle était vide, puisque Octavia n'avait pas défait ses bagages.

– Anglais? demanda l'autre.

– Oui, nous sommes anglais. J'aimerais savoir de quel droit vous perquisitionnez?

Les Egyptiens ne répondirent pas. Ils dévisageaient leur interlocuteur d'un air méfiant.

– Mais enfin, c'est intolérable! Je me plaindrai au directeur de l'hôtel! lança l'inconnu.

Et, baissant les yeux vers Octavia, il ajouta :

– Ma femme est fatiguée. Je vous prierai de ne pas nous déranger plus longtemps! Veuillez quitter notre chambre.

Ses manières tranchantes et la dureté de sa voix impressionnèrent les intrus, plus encore que le sens de ses paroles. Ils se regardèrent, échangèrent un bref signe de tête et tournèrent les talons.

– Nos excuses, monsieur, lança l'un d'eux pardessus son épaule. Nous cherchons un homme qui aurait pu se cacher là.

Et, sans attendre de réponse, ils sortirent dans le couloir, tandis que la domestique refermait la porte.

Octavia se mit sur son séant et ouvrit les lèvres pour parler, mais son voisin la bâillonna d'une voix sèche et nerveuse. Il tendait l'oreille. Quelques secondes s'écoulèrent et ils entendirent un très léger bruit de pas qui s'éloignaient : l'un des Egyptiens était resté à écouter derrière le battant.

L'inconnu sortit du lit et chuchota en arrangeant la couverture :

– Merci, merci du fond du cœur! Vous avez été très bien!

– Vous croyez vraiment qu'ils vous auraient tué!

– Si j'avais été seul, ils n'auraient pas hésité une seconde. Si vous ne m'aviez pas fourni d'alibi, je crois qu'ils m'auraient emmené « pour plus ample information ». Et ce n'est pas la femme de chambre qui aurait protesté. Plus tard, dans la journée, on aurait retrouvé mon cadavre au fond d'une cour ou flottant au large.

Octavia poussa un cri.

– Pourquoi? Qu'avez-vous fait?

– Rien de répréhensible, je vous l'assure! Je vais encore vous demander votre confiance et votre aide...

Assise dans son lit, ses cheveux blonds répandus sur ses épaules et ses yeux écarquillés d'angoisse, Octavia semblait très jeune et sans défense.

L'homme reprit sur un ton enjôleur :

– Pardonnez-moi d'insister, mais je ne dois pas courir de risques superflus. On me surveille toujours, j'en suis sûr, et j'ai besoin de récupérer mes vêtements...

– Vos vêtements?

L'inconnu s'expliqua :

– Je suis entré dans l'hôtel par la fenêtre de la salle de bains de la chambre en face, et j'ai eu la chance d'y trouver ce peignoir.

Octavia sourit.

– On avait préparé la pièce pour moi.

– Quelle heureuse coïncidence! J'ai donc dissimulé mes affaires derrière la baignoire, dans un recoin, près du mur, de telle sorte qu'on ne puisse les voir.

– Et vous voulez que j'aille les prendre?

L'homme s'assit au bout du lit.

– Vous pourriez passer en face, le plus naturellement du monde, pour faire votre toilette.

– Ce n'est pas difficile, en effet.

– Quand vous reviendrez, vous porterez mes vêtements sur le bras, en ayant pris la précaution de les cacher sous une serviette; personne ne soupçonnera rien.

– Vous êtes sûr qu'on vous épie encore?

L'homme haussa les épaules.

– En Orient, le temps ne compte pas. Mes poursuivants savent déjà que j'ai pénétré dans l'hôtel à cet étage. Quand ils auront fouillé toutes les chambres en vain, ils penseront que j'ai fui d'une manière ou d'une autre, mais je ne peux pas en être absolument certain. Je dois rester sur mes gardes.

Octavia frémit à l'idée d'un assassinat commis sous ses yeux. Elle jeta impulsivement :

– Je suis prête à vous aider! Mais qu'arrivera-t-il si je fais une erreur? si je vous trahis?

L'inconnu sourit et la jeune fille nota que son visage las, presque émacié, n'était pas sans beauté quand il abandonnait son expression tendue.

– Mon intuition me dit que je peux compter sur vous! J'ai toujours eu de la chance et je suis tombé aujourd'hui sur une femme qui ne manque pas de sang-froid. C'est exactement ce qu'il me fallait!

– Qu'avez-vous donc fait de si grave pour que ces hommes veuillent vous tuer?

– C'est une longue histoire. Je veux quitter l'hôtel sans perdre une minute. Mais je vous promets de vous fournir toutes les explications.

Comme il se levait, un coup frappé à la porte fit sursauter Octavia. L'homme resta impassible et dit simplement :

– Entrez!

Une clé tourna dans la serrure et un employé fit son entrée, apportant un copieux petit déjeuner.

– Ah! Vous n'avez rien oublié? Bien, bien; je meurs de faim!

L'Anglais désigna une table d'osier placée devant la fenêtre puis se tourna vers Octavia.

– Ma chérie, as-tu de la monnaie?

– Oui, oui! répondit-elle vivement.

Elle montra du regard son sac à main posé sur la

coiffeuse. Son « mari » s'en saisit et le lui tendit.

La jeune fille trouva quelques pièces égyptiennes que Tony lui avait données après avoir payé le fiacre qui les avait menés du port à l'hôtel.

L'homme en prit une et la donna au domestique qui était déjà à la porte :

– Merci monsieur, merci beaucoup.

L'inconnu s'installa devant son plateau et s'excusa :

– Pardonnez-moi de vous avoir emprunté de la monnaie, mais je n'ai que des billets.

Tout en inspectant son petit déjeuner, il déclara :

– Je n'ai rien mangé depuis hier matin, et je dévorerais un bœuf! Je vais manger en vous tournant le dos, ainsi vous pourrez vous lever tranquillement et utiliser la salle de bains.

– Merci.

L'homme avait pris en main la direction des opérations; Octavia se sentait comme une marionnette dont on actionnait les fils, avec beaucoup d'habileté!

De son lit où elle s'attardait, indécise, elle pouvait voir cet hôte encombrant se servir une tasse de café, puis engloutir ses œufs à une vitesse qui témoignait d'un solide appétit.

Elle se décida enfin à passer sa robe de chambre et à chausser ses mules usées; elle saisit son nécessaire de toilette et se dirigea vers la porte.

Elle aurait voulu lancer une phrase amusante en quittant la pièce, mais l'homme attablé devant la fenêtre semblait avoir totalement oublié son existence. Aussi prit-elle un air détaché pour traverser dignement le couloir, non sans se demander si des yeux inquisiteurs ne surveillaient pas ses moindres mouvements.

Elle fit couler un bain froid car la chaleur commençait à peser. L'eau fraîche l'aida à oublier la tension qu'elle éprouvait depuis des semaines et qui s'était encore accrue durant la dernière demi-heure.

Octavia se voyait en héroïne de roman, traversant des dangers sans nombre, échappant à d'abominables traîtres et trouvant à la fin du compte... le succès et l'amour, évidemment!

En sortant de la baignoire, elle riait presque de ses aventures imaginaires. Son compatriote n'avait rien du séducteur professionnel. Qu'avait-il donc fait pour être traqué par ces deux Egyptiens, qui n'étaient sûrement pas des policiers? En tout cas, il n'était pas coupable de leur avoir ravi une épouse ou une fiancée!

La jeune fille brûlait de curiosité; elle espérait bientôt connaître la clé du mystère. Elle tâtonna derrière la baignoire à la recherche des vêtements de son compagnon, en vain.

Quelqu'un était donc passé avant elle! Une recherche plus approfondie lui fit enfin découvrir un mince paquet : des sandales en toile enroulées dans une chemise et un pantalon.

Octavia prit le tout contre elle et le recouvrit d'une serviette drapée négligemment sur son épaule. Elle vérifia qu'on ne pouvait rien deviner de suspect et refit le trajet jusqu'à sa chambre d'un pas vif.

Elle avait oublié de prendre sa clé et fut obligée de frapper à la porte : elle crut alerter tout l'hôtel.

L'homme l'attendait car le battant s'ouvrit aussitôt et une voix forte lança :

– C'est toi, chérie? Tu as pris un bon bain? Tu dois te sentir mieux, à présent!

Quand elle fut dans la pièce, il referma la porte et s'enquit sur un autre ton :

– Pas d'ennuis? Quelqu'un dans le corridor?

– Je n'ai vu personne. Je ne voulais pas paraître regarder autour de moi...

– Vous avez raison. Je vous remercie de votre aide.

Tandis que l'homme prenait ses vêtements, Octavia jeta un coup d'œil vers la table : il ne restait rien du petit déjeuner; même le beurre et la confiture avaient disparu.

Puis elle vit qu'elle avait laissé son sac ouvert sur son lit.

C'était un peu tard pour s'en apercevoir!

La peur la frappa comme un coup de poing : cet homme dont elle ne savait rien avait eu tout le temps de lui rafler tout son argent!

Elle voulut vérifier sur-le-champ mais elle pensa que son geste pouvait être dangereux si l'inconnu était bien un voleur.

Bien qu'elle n'eût pas prononcé un mot, il devait avoir deviné ses pensées, car il déclara :

– Je ne vous ai rien volé! Je ne m'abaisserais pas à dépouiller quelqu'un qui vient de me sauver la vie!

Sa voix était coupante et les joues d'Octavia s'empourprèrent.

– Oh, je ne vous accuse pas! Je...

– Vous l'avez cru un instant, ne le niez pas.

– Vous êtes très sûr de vous!

– Votre regard était très révélateur...

– Eh bien, je le regrette. J'ai imaginé, un moment... Tout l'argent que je possède au monde est dans ce sac à main. Raisonnablement, j'aurais dû l'emporter dans la salle de bains, vous ne croyez pas?

– Certes! Apprenez qu'en Egypte, comme dans n'importe quel pays, il est dangereux de laisser traîner de l'argent.

Il parlait sur un ton sévère, comme s'il grondait un enfant. Un peu piquée, Octavia répondit :

– Je n'ai pas votre grande habitude des voyages, mais je sens que j'apprendrai vite!

– Vous voulez me faire croire que toute votre fortune tient dans ce petit sac?

Elle acquiesça.

– Dois-je en déduire que vous n'êtes pas riche?

– J'ai de quoi rentrer chez moi!

– En Angleterre?

– Oui. Je dois y retourner.

Malgré elle, sa voix trahissait son désarroi.

– Mais vous venez à peine d'arriver! jeta l'homme.

– Comment le savez-vous?

– Ce n'est pas sorcier : votre malle n'est pas défaite et vous semblez plutôt perdue ici.

– Effectivement, nous avons débarqué hier.

– Nous?

Le mot éclata comme une détonation.

– Tony! Mon frère et moi... Il a dû partir pour Constantinople.

Gênée de révéler à un inconnu que son unique proche parent l'avait abandonnée du jour au lendemain dans une ville étrangère, Octavia rougit et détourna les yeux. Aussi ne put-elle voir la lueur de stupéfaction méprisante qui brilla dans les yeux de son compagnon.

– Combien d'argent vous a laissé... ce Tony?

La jeune fille était trop troublée pour mentir.

– Vingt-cinq livres. N'est-ce pas suffisant?

Elle n'avait aucune idée du prix de la traversée.

– Tout dépend de la manière dont vous comptez voyager. Il est hors de question pour vous de prendre un passage sur un paquebot.

La jeune fille était consternée.

– Mais je dois absolument rentrer! Tony m'a

conseillé de m'adresser au portier de l'hôtel : il me retiendra une cabine. Dès que je serai prête, j'irai lui parler.

– J'aurai peut-être une autre solution à vous proposer, dit lentement l'inconnu. De toute façon, nous devons d'abord nous habiller et nous préparer à partir.

– Oui, bien sûr.

Octavia s'aperçut soudain qu'ils étaient l'un et l'autre plus que légèrement vêtus.

– Je ne tiens pas à me faire remarquer, dit l'homme sans paraître noter son embarras, je vous propose de retourner dans la salle de bains comme si vous y aviez oublié quelque chose. Emportez vos affaires et habillez-vous. Prenez votre temps. Quand vous reviendrez, je serai présentable.

C'était la meilleure solution. Octavia prit ses vêtements, nettement pliés sur une chaise, les recouvrit de sa serviette et se dirigea vers la porte.

– Vous oubliez quelque chose!

– Pardon?

– Votre sac! Je vous ai conseillé de ne pas le laisser traîner!

Octavia voulut répondre qu'elle avait confiance en lui et qu'elle trouvait insultant d'emporter ostensiblement son sac à main, mais une pensée nouvelle lui vint à l'esprit.

– Allez-vous partir pendant que je ne serai pas là? Si c'est le cas, je vous demanderai de laisser la porte ouverte cette fois!

– Préférez-vous que j'attende votre retour?

– Oui, s'il vous plaît! Je voudrais vous demander votre avis pour mon voyage.

Octavia s'étonnait de tenir ainsi à cet inconnu. Elle avait parlé impulsivement, sans réfléchir. Il était dur et impérieux, mais les circonstances en avaient fait, en quelque sorte, son protégé. Les deux Egyptiens ne devaient pas être loin et sa tâche d'ange gardien n'était probablement pas terminée.

D'autre part, se trouver, à dix-neuf ans, jetée dans un pays dont on ignore la langue et les coutumes, où ne vous attend personne, est une expérience plutôt effrayante. Lui, au moins, parlait anglais. Il avait de l'éducation et ses conseils pourraient être précieux, car il semblait bien connaître l'Egypte...

La jeune fille fut rassurée quand il lui répondit avec une vague nuance de reproche :

– Je serai là, ne craignez rien!

Octavia eut un sourire et s'éclipsa en murmurant :

– Dans ce cas, je vous laisse mon sac!

Il ne lui fallut que cinq minutes pour s'habiller. Elle remit son peignoir de bain par-dessus ses vêtements pour donner le change à un observateur éventuel, et sortit dans le corridor pour frapper à la porte de la chambre.

L'homme qui lui ouvrit semblait différent. Son corps athlétique n'était plus dissimulé par le peignoir, et ses vêtements, quoique chiffonnés, sortaient visiblement d'un bon faiseur.

– Vous n'avez pas traîné, dit-il. Bravo! J'ai encore besoin de vous.

– Que se passe-t-il?

– Rien de grave, rassurez-vous! Ma chemise a mal supporté une descente en voltige le long de la façade, et je ne sais comment la nettoyer.

Une traînée de rouille tachait effectivement la manche et le devant. La jeune fille pensa qu'il était difficile de passer inaperçu ainsi.

Comme elle allait dire que la rouille est difficile à enlever, une idée lui traversa l'esprit. Juste avant de débarquer dans le port d'Alexandrie, Tony était entré dans sa cabine avec une chemise sur le bras.

– Tu veux bien être un amour et me recoudre un bouton? avait-il demandé.

– Bien sûr. Tout de suite.

– Malheureusement, j'ai perdu ce maudit bouton.

– Alors, je ne peux rien pour toi! Nous devrons en trouver un assorti dans une boutique de la ville.

– Tu m'y feras penser!

Mais Tony avait oublié sa chemise dans l'émotion de son départ précipité et elle était encore dans les affaires d'Octavia.

– Je crois que j'ai ce qu'il vous faut.

Elle fouilla dans sa malle et trouva un petit nécessaire à couture.

– Je vais prendre un bouton sur votre chemise et le coudre sur celle-ci.

A l'inconnu surpris, elle expliqua :

– C'est mon frère qui me l'a laissée, car il ne pouvait plus la mettre.

La même lueur sceptique revint dans le regard de l'homme mais il ne fit aucun commentaire. Il enleva docilement sa chemise, révélant un torse aussi bronzé que son visage.

Un peu gênée, Octavia détourna les yeux et s'affaira à découdre et à coudre : elle eut bientôt fini et l'inconnu la remercia chaleureusement. La chemise de Tony était peut-être un peu juste, mais les deux Egyptiens soupçonneux n'étaient pas des experts en matière de mode masculine, à en juger d'après leur accoutrement!

– Mon arrivée a été plutôt... imprévue, reprit-il en souriant, aussi, je ne porte pas de cravate. Auriez-vous dans vos bagages quelque chose qui puisse en tenir lieu?

La jeune fille chercha dans les soufflets de sa malle et brandit une ceinture de soie vert foncé.

– Que pensez-vous de ça?

– Parfait au point de vue largeur, mais beaucoup trop long!

– Eh bien, voici des ciseaux. N'hésitez pas!

Octavia éprouvait quelque regret à gâcher sa ceinture, mais ce n'était pas le moment de se montrer avare de son maigre bien.

L'homme s'assit devant la coiffeuse et noua sa cravate improvisée.

– Je vous offrirai une ceinture neuve! On en trouve de très jolies dans les souks. Maintenant, coiffez-vous vite. Nous devons avoir une conversation sérieuse, vous et moi.

Sous le regard sans indulgence de l'inconnu, Octavia prit conscience du désordre de sa chevelure. A son tour elle s'installa devant la glace et tordit ses longs cheveux blonds en un petit chignon au sommet de sa tête.

– Voilà, je suis prête. Qu'avez-vous à me dire?

Elle s'attendait à entendre le récit des ennuis de son visiteur. Mais celui-ci se contentait de la regarder en silence. Il la soupesait mentalement, fronçant les sourcils...

– Eh bien?...

– Devez-vous absolument rentrer en Angleterre?

Octavia secoua la tête.

– A vrai dire, je ne m'attendais pas à repartir sitôt arrivée!

– Alors, pourquoi tant de hâte?

– Oh, c'est clair! Je pensais que vous aviez compris : je ne connais personne ici et je ne dispose que du prix de mon voyage. Il n'est donc pas question pour moi de rester un jour de plus.

– Ne regrettez-vous pas de n'avoir rien vu de l'Egypte? Le Caire, les pyramides, les temples?

– Si, naturellement. Vous êtes cruel d'insister!

– Ce n'est pas de la méchanceté gratuite de ma part. Je vais vous faire une offre...

Prise au dépourvu, la jeune fille s'étonna.

– Que voulez-vous dire?

– Vous m'avez déjà été d'un grand secours. J'apprécie votre sang-froid et votre intelligence; c'est pourquoi je vous donne vingt livres par semaine si vous acceptez de travailler pour moi. Etes-vous intéressée par ma proposition?

– Travailler pour vous? Mais pour quoi faire?

Avant que son compagnon n'ait eu le temps de répondre, Octavia poussa un cri, réalisant soudain l'importance de la somme en question.

– Vingt livres? Par semaine? Oh, non, c'est impossible! Et que dois-je faire pour gagner une somme pareille?

L'homme éclata de rire.

– Vous êtes trop modeste! Il ne faut jamais se sous-estimer. Mais vous avez raison : je dois vous expliquer ce que j'attends de vous.

– Je vous préviens, je ne possède aucune qualification! A part un peu de couture et de ménage... N'importe quelle servante d'Alexandrie doit en savoir plus que moi!

– Je vous l'ai déjà dit : vous êtes intelligente et digne de confiance. On peut compter sur vous en cas d'urgence; c'est du moins ce que j'ai pu constater...

Octavia eut un petit rire ironique :

– Merci de vos aimables compliments! Malheureusement, je crains que mes qualités ne soient pas très rentables, en monnaie sonnante et trébuchante!

– Pour moi, elles ont une valeur que vous ne soupçonnez pas.

La jeune fille le dévisageait.

– Vous m'offrez sérieusement une telle somme? Vous avez vraiment besoin de mes services?

– Oui.

– Si vous cherchez une secrétaire, je dois vous avouer que je ne sais pas taper à la machine, que je fais des erreurs dans mes opérations, et aussi des fautes d'orthographe!

De nouveau, il se mit à rire.

– Ne soyez pas si honnête! Ce n'est pas comme ça qu'on se met en valeur quand on cherche du travail! Il faut au contraire convaincre votre employeur éventuel que vous lui êtes absolument indispensable!

– Mais, si je ne dis que des mensonges, on découvrira la vérité dès que j'aurai été embauchée!...

– Tout dépend de l'emploi...

– Qu'attendez-vous de moi?

– Cela vous intéresse donc?

– Je n'ai pas très envie de rentrer en Angleterre...

La jeune fille avait parlé d'instinct. Elle ajouta, gênée :

– Si je rentre chez moi, j'aurai à subir... Oui, en fin de compte, je préfère être seule ici plutôt qu'avec...

A Birkenhall, sans Tony pour la soutenir, comment affronterait-elle les créanciers avides et les journalistes indiscrets? Mieux valait encore rester en Egypte!

– Si tel est votre sentiment, dit l'inconnu, je pense que ma proposition vous conviendra.

– Je vous écoute.

– D'abord, procédons aux présentations. Comment vous appelez-vous?

– Octavia Birk...

Elle se mordit la langue : elle avait failli donner son vrai nom.

– Miss Birke, j'aime beaucoup votre prénom. Il est peu courant.

La jeune fille respira. Elle avait frôlé la catastrophe. Les journaux anglais d'Egypte, eux aussi, devaient mentionner les faits et gestes de « Frankie » Birkenhall, ami intime du Prince de Galles. Grâce au ciel, cet homme en face d'elle ne soupçonnait pas qu'elle était une lady et que son père portait le titre de comte. Il était impensable qu'une jeune fille de bonne famille résidât seule dans un hôtel d'Alexandrie!

– « Octavia » est un peu sévère, mais cela vous va bien, poursuivit-il. C'est un prénom rare et particulier, comme vous l'êtes vous-même.

Etait-ce un compliment? L'homme parlait d'un air si détaché qu'il devait plutôt faire allusion aux circonstances.

– Je me nomme Kenneth Gordon. Ma famille est originaire du Pays de Galles.

– Celle de ma mère aussi! remarqua la jeune fille. Nous avons au moins quelque chose en commun.

– Je crois que nous en trouverons beaucoup d'autres, dit Kenneth sur un ton significatif. Mais écoutez-moi bien!

– Promis!

Octavia se tourna vers lui, le dos à la coiffeuse pour mieux l'observer.

– Etes-vous prête à me rendre un très grand service, en continuant à prétendre être mon « épouse » comme vous avez si bien commencé à le faire? Voulez-vous m'aider à quitter cette ville et à gagner Le Caire?

La jeune fille ne répondait pas et il ajouta :

– Quand nous serons sains et saufs là-bas, votre travail sera différent mais, pour l'heure présente, nous devons absolument semer mes poursuivants.

– Etes-vous si sûr qu'ils ne vous aient pas reconnu?

– Comment vous répondre? Je n'en sais rien... S'ils font bien leur travail, ils nous prendront en filature, du moins tant que nous serons à Alexandrie... Mais ils peuvent aussi passer la consigne à des complices!

– Vous ne m'avez pas expliqué pourquoi ils veulent vous supprimer?

Kenneth secoua la tête :

– C'est une longue histoire! J'ai l'intention de quitter l'hôtel immédiatement et de prendre le premier train pour la capitale. Si nous sommes, vous et moi, en sûreté dans un compartiment, je pourrai souffler et vous raconter ma vie, promit-il.

Octavia sourit :

– Vous parlez sérieusement? Vous m'engagez?

– Oserais-je dire que vous êtes mon talisman, mon porte-bonheur? En tout cas, votre simple présence à mes côtés est déjà pour moi une garantie de sécurité.

– C'est entendu, je vous accompagne!

– Sans regrets, sans crainte et de bon cœur?

– J'espère vous être utile. Mais ne me donnez pas cette somme insensée! La moitié me suffira.

– Que sont ces quelques livres, si l'on considère que vous m'avez sauvé la vie?

– Vous, vous me sauvez d'un retour très... pénible chez moi, murmura la jeune fille.

Elle était persuadée que Tony, s'il venait à connaître ses nouvelles résolutions, y mettrait une ferme opposition sur-le-champ. Mais après tout, n'était-ce pas à cause de lui qu'elle se retrouvait seule et sans protection à Alexandrie?

– Je suis fier d'avoir gagné votre confiance! lança Kenneth Gordon.

Il disait vrai : il avait bel et bien vaincu les résistances d'Octavia. On sentait en lui quelque chose de loyal. C'était un compagnon sur lequel on devait pouvoir compter et elle lui avait en effet donné sa confiance.

Elle n'écouta plus la voix de la prudence qui lui conseillait de s'informer davantage avant d'accepter un si curieux marché.

Son interlocuteur se leva.

– Nous sommes prêts, il me semble. Descendez avec moi. Un porteur se chargera de votre malle.

Octavia l'examinait.

– Puis-je faire une suggestion? Je ne voudrais pas avoir l'air de vous critiquer, mais...

– Parlez-moi franchement.

– Nous allons prendre le train pour Le Caire. Or, vous n'avez pas exactement la mise d'un voyageur.

– Je n'ai pas de veste, c'est ça?

– Oui. Vous pourriez porter quelque chose sur le bras, un vêtement plié... pour faire comme si vous aviez trop chaud pour mettre votre veste.

Kenneth eut un sourire admiratif.

– Et vous ne vouliez pas me croire quand je vous faisais compliment de votre ingéniosité! Vous verrez : vous mériterez chaque livre de votre salaire, et amplement!

– Souhaitons-le, mais je persiste à croire que vous êtes trop généreux!

– Nous nous disputerons plus tard à ce sujet. Que me proposez-vous?

Octavia se pencha vers sa malle. Elle n'avait pas voulu se séparer de sa chère vieille tenue d'amazone et l'avait emballée avec ses quelques robes; cette tenue avait été coupée pour sa mère dans un très beau tissu bleu foncé qui faisait encore bon effet.

Kenneth examina la veste et approuva :

– Elle a une coupe assez masculine! dit-il en riant.

La jeune fille rangea dans sa malle la chemise tachée de rouille de son compagnon. Elle referma le couvercle et boucla les courroies de cuir, puis elle campa sur le sommet de sa tête un petit chapeau enrubanné.

– Je suis prête, annonça-t-elle vivement.

Elle aperçut leur reflet dans la glace : ils avaient l'air d'un couple d'Anglais comme on en voyait beaucoup à travers le monde; voyageurs distingués, touristes aimables et cosmopolites en quête de dépaysement...

– Mon frère a sans doute réglé ma note d'hôtel. Je m'en assurerai en bas.

– Parfait! Si par hasard on nous pose des questions, ce qui m'étonnerait fort, nous dirons simplement que je suis passé vous prendre pour vous conduire à la gare. Les directeurs d'hôtels d'Alexandrie sont habitués à une rotation très rapide de leur clientèle : les voyageurs ont hâte de partir pour Le Caire ou de prendre un bateau.

Octavia saisit son sac à main et sortit de la pièce. Elle éprouvait un curieux déchirement à quitter cette chambre où s'étaient déroulés des événements aussi inattendus qu'importants.

Elle s'embarquait pour l'aventure. C'était une folie que de s'engager ainsi, sans garantie, sur la seule parole de Kenneth Gordon... Mais elle n'allait pas reculer au dernier moment, sinon elle le regretterait tout le reste de sa vie!

Kenneth referma la porte et lui chuchota à l'oreille :

– Je vous trouve merveilleuse. Et je remercie la Providence qui m'a permis de vous rencontrer, à moins que ce ne soit les dieux du Nil...

3

Au grand soulagement de la jeune fille, les deux voyageurs n'eurent aucune difficulté à quitter l'hôtel.

Le portier confirma que Tony avait réglé la note avant son départ et ne parut pas prêter attention à la présence de Kenneth Gordon, assis non loin de là. Il devait trouver normal qu'un compatriote escorte une demoiselle anglaise.

Ils quittèrent donc l'établissement dans un fiacre découvert. Le cocher menait son cheval si sauvagement que, dans le trafic intense des larges avenues, Octavia s'attendait à tout moment à une collision avec un autre véhicule, un chien errant, un enfant ou un ouvrier tirant sa charrette. Mais tout se passa pourtant pour le mieux...

Kenneth demanda au conducteur de prendre une rue plus étroite bordée d'échoppes, puis de s'arrêter.

– Je ne serai pas long, dit-il à la jeune fille.

Sans autre explication, il entra dans l'une des boutiques. Le bâtiment était plutôt sordide et l'étalage n'avait rien de remarquable. Octavia se demanda ce que cherchait son compagnon.

Des jeunes enfants s'étaient agglutinés autour de la voiture la main tendue. Il n'était pas nécessaire de savoir l'arabe pour comprendre le sens de leurs mimiques implorantes.

Certains d'entre eux étaient maigres à faire peur, et vêtus de loques déchirées. Octavia leur donna volontiers le reste de sa monnaie; ceux qui réussirent à profiter de la générosité de la jeune fille souriaient de toutes leurs dents mais la foule était de plus en plus compacte autour du fiacre.

La jeune fille commençait à s'inquiéter du sort de Kenneth Gordon quand il sortit enfin du magasin, portant sous le bras un gros paquet. Il remonta en voiture et ordonna au cocher de se mettre en route, sans fournir la moindre explication. Octavia n'osa pas lui poser de question.

A la gare, ils se dirigèrent aussitôt vers les guichets, mais il fallut un long moment à Kenneth pour acheter les billets. Il discutait en arabe et son interlocuteur semblait très loquace. Octavia se rappela que son père aimait à évoquer les usages orientaux : la moindre décision réclamait des palabres interminables.

Lorsqu'il la rejoignit, Kenneth était satisfait.

– Nous avons de la chance! Un omnibus part pour Le Caire dans un quart d'heure!

Tous deux gagnèrent le quai d'embarquement et le jeune homme s'arrêta devant un wagon de première classe. Octavia fut surprise car elle s'attendait à voyager en seconde, comme avec Tony. Elle apprécia le confort du compartiment bien qu'il n'y eût pas de couloir. Le train devait provenir d'un stock de matériel ferroviaire anglais inutilisé.

Kenneth avait fait porter la malle de sa compagne dans le fourgon à bagages; il acheta plusieurs journaux et prit place près de la fenêtre, la mine peu aimable, sans doute pour dissuader d'autres voyageurs de s'installer dans leur compartiment jusqu'au départ du train.

La locomotive s'ébranla, lâchant de grands panaches de fumée.

– On dirait que les passagers de première classe ne sont pas très nombreux! fit remarquer la jeune fille.

– La plupart d'entre eux ont pris l'express qui est parti une demi-heure plus tôt. Nous sommes plus en sécurité dans ce tortillard, j'en suis sûr!

Sans doute voulait-il dire que ses poursuivants le chercheraient plus volontiers dans un rapide que dans un petit train d'intérêt local. Mais Octavia se retint de faire une remarque à haute voix; elle attendait que Kenneth lui explique pourquoi sa vie était en danger.

La ville disparaissait, loin derrière eux; ils traversaient les terres fertiles du delta à une vitesse régulière et agréable : les wagons progressaient avec un doux balancement.

– Me pardonnerez-vous si je saisis l'occasion de dormir un peu? demanda Kenneth. Je n'ai pas fermé l'œil de la nuit. Je me sens fatigué à présent.

– Je vous en prie!

Octavia parcourut les titres de la presse, puis songea qu'elle serait plus à l'aise sans son chapeau. Elle se leva et arrangea ses cheveux devant un petit miroir encastré dans la paroi.

Quand elle reprit sa place, elle constata que son compagnon, allongé sur une des deux banquettes, dormait déjà profondément.

Plutôt que de lire les journaux, Octavia se mit à étudier le visage de son mystérieux vis-à-vis. Au repos, il était moins maigre et tendu. Quel âge pouvait-il avoir? Trente ans, peut-être? En tout cas, pas celui d'accompagner une jeune fille sans chaperon...

Tony serait furieux s'il apprenait la vérité sur

cette aventure! Il l'accablerait de reproches pour ne pas lui avoir obéi, et il aurait eu raison!

Octavia ne doutait pas que sa mère aurait été affreusement choquée par une telle conduite. Son père lui-même n'aurait pas ménagé ses critiques.

Mais dans ce train qui l'emmenait vers l'aventure, la jeune fille se sentait en sécurité; plus que si elle avait été seule sur un navire inconnu faisant route vers l'Angleterre.

Pendant son voyage de Tilbury en Egypte, elle s'était toujours tenue à l'écart des passagers : c'étaient, pour la plupart, des hommes jeunes et de milieu modeste.

Après avoir vaillamment surmonté le mal de mer, tous ces gens avaient envahi le pont avec des mines avantageuses et conquérantes. Octavia n'avait pas été sans remarquer leurs clins d'œil et leurs manières impertinentes mais, comme Tony se trouvait à ses côtés, elle n'y avait pas attaché d'importance.

Elle n'ignorait pas que, si elle s'était trouvée seule, sa position eût été beaucoup plus délicate. Elle n'aurait eu d'autre choix que de rester cloîtrée dans sa cabine minuscule pendant tout le voyage...

Kenneth Gordon ne ressemblait en rien à ces individus. Il inspirait confiance.

Octavia contemplait ses cheveux noirs et son teint hâlé; il gardait son expression autoritaire, même pendant son sommeil. Ce devait être un meneur d'hommes, et il n'avait sans doute pas le caractère facile!

Après tout, si la situation devenait intolérable en sa compagnie, Octavia possédait toujours la somme intacte donnée par son frère, elle n'aurait qu'à refaire le trajet entre Le Caire et Alexandrie. Elle saurait bien se débrouiller! Quand on est seule dans la vie, même à dix-neuf ans, il faut regarder en face les difficultés, petites ou grandes, et les surmonter.

La jeune fille se sentait d'ailleurs moins inexpérimentée qu'à son départ de Londres.

Elle se demanda quel travail Kenneth lui offrirait quand il n'aurait plus besoin d'une « épouse » Il avait eu un sourire ambigu lorsqu'il avait évoqué cette éventualité. Octavia en ressentait un vague malaise.

Les deux Egyptiens avaient peut-être déjà renoncé à leur poursuite. Dans ce cas, son rôle n'aurait bientôt plus de raison d'être.

Mais si, au contraire, les ennemis de Kenneth réussissaient à l'abattre, que deviendrait-elle? Il y aurait une enquête. Comment expliquerait-elle aux autorités locales sa présence aux côtés d'un inconnu?

Si mon nom paraît dans les faits divers des journaux, pensa-t-elle, Tony sera fou de rage!

Le train ralentissait. Octavia regarda par la fenêtre. Elle trouva le paysage si nouveau et déconcertant qu'elle en oublia ses questions.

Une immense plaine écrasée de soleil s'étendait à perte de vue de chaque côté de la voie de chemin de fer mais, sur la droite, c'était un désert de sable et de pierres, alors que sur la gauche une végétation luxuriante accompagnait le cours du Nil et de ses canaux.

La jeune fille n'avait pas eu le loisir de se renseigner sur l'Egypte avant son départ. Elle avait néanmoins trouvé, à bord du bateau, un vieux guide qu'elle avait emporté dans sa cabine pour le consulter.

Elle avait apprécié les descriptions des pyramides, des temples et du canal de Suez.

Elle se rappelait avoir lu que les pharaons comparaient le Nil à une fleur de lotus : le cours du fleuve représentait la tige et son large delta les pétales épanouis.

Les falaises bordant le désert prenaient une teinte rose sous le soleil, une couleur irréelle, et Octavia comprit soudain pourquoi jadis les Egyptiens faisaient de ces régions le pays des dieux et des morts.

Parfois, entre les palmiers, apparaissaient les eaux sombres du grand fleuve nourricier. Qu'il devait être agréable de se laisser glisser au fil du courant sur une felouque à voile triangulaire! C'est ainsi que voyageaient les habitants d'autrefois, puisque le Nil constituait leur seule voie de communication.

A présent il y avait des routes, et le chemin de fer.

Le convoi aux wagons démodés s'arrêta dans une petite gare et provoqua tout un remue-ménage, des exclamations, des appels. Octavia aurait préféré que le bruit réveille Kenneth car elle avait des questions à lui poser! Mais il avait visiblement besoin de repos. Il gardait obstinément les yeux fermés. Sa tranquillité, son abandon, avaient quelque chose de réconfortant.

La jeune fille tentait d'imaginer la vie qu'il menait, dangereuse, peut-être en marge de la loi... Pourquoi ne rentrait-il pas en Angleterre, son pays d'origine, si son existence ici était en péril?

Le train repartit à faible allure; dans la chaleur de midi, Octavia sentit sa tête dodeliner en rythme. Ses préoccupations se mêlèrent confusément à ses rêves. Elle ne savait plus si elle dormait ou si elle était éveillée.

Puis, avec l'habituel grincement des freins et dans un nuage de vapeur, la locomotive fit halte dans une agglomération importante.

Des femmes vêtues de voiles rouges et de robes fleuries prirent le train d'assaut, une marmaille piaillante accrochée à leurs jupes. Les hommes portaient des vêtements plus sobres, de longues djellabas grises ou bleu pâle tombant jusqu'à leurs chevilles, échancrées en rond autour du cou et fermées par de minuscules boutons.

Aucun des voyageurs ne monta en première classe. Il n'y avait personne sur le quai devant leur wagon.

Kenneth s'assit en se frottant les yeux.

– Ça va mieux! Merci de m'avoir laissé dormir tout mon soûl!

– Rien n'aurait pu vous réveiller!

– Oh, je sais qu'une femme est capable de tout... J'en connais qui auraient bavardé comme des pies, et je n'aurais pas fermé l'œil. Pour vous remercier je vais vous offrir de quoi manger. Et vous devez avoir soif, non?

Il se dirigea vers la porte du compartiment.

– Est-ce bien prudent, demanda la jeune fille en tendant le bras pour lui barrer le chemin. Personne ne nous a encore dérangés, mais vos poursuivants sont peut-être dans le train...

Kenneth la regarda, étonné, avant de répondre :

– Vous avez raison. Ma foi, on dirait que vous connaissez les règles du jeu depuis toujours!

Octavia se fit la réflexion que pour lui la situation présente était un jeu. En tout cas, c'était un jeu dangereux!

Plutôt que de sortir, Kenneth préféra héler un porteur sur le quai : il s'adressa à lui en arabe. L'homme partit en courant et revint bientôt, accompagné d'un jeune garçon qui portait sur la tête un plateau. Il le passa par la fenêtre dont la vitre était baissée. Kenneth le paya en argent local, assez cher pensa Octavia.

Mais, lorsqu'elle souleva la serviette qui protégeait la nourriture contre les mouches, elle découvrit dans un bol un pigeon farci au blé vert, le plat préféré des paysans égyptiens. Il y avait encore du fromage et du pain sans levain, des fruits et du beurre.

Le pigeon n'était pas très tendre et le beurre était rance... mais le repas leur parut excellent, et les deux voyageurs y firent honneur.

Une bouteille soigneusement bouchée, posée horizontalement dans l'angle du plateau, contenait un mélange de jus de fruits où l'on reconnaissait la saveur de l'orange et du citron vert.

Il n'y avait ni couteaux ni verres, mais Octavia s'amusa beaucoup de ce pique-nique imprévu. Elle mangea la viande avec ses doigts, qu'elle essuya ensuite sur une serviette.

Quand ils eurent fini, Kenneth poussa les restes du repas dans un coin de la banquette.

– Ce plateau sera ramassé au Caire et renvoyé à son propriétaire par le prochain train, expliqua-t-il.

– A quelle heure devons-nous arriver?

– Vers quatre heures, je pense. Les trains ne sont pas toujours très exacts, dans ce pays.

Un silence tomba. Octavia se demandait si son compagnon allait lui faire des confidences, ou du moins la renseigner sur leurs occupations des prochains jours.

Mais,. devant son air préoccupé, elle s'abstint encore de poser la moindre question.

D'ailleurs, Kenneth s'étendit à nouveau de tout son long, croisa les mains derrière sa nuque et considéra pensivement le plafond.

Je déteste les femmes qui bavardent pendant que je conduis mes chevaux! avait coutume de dire le père d'Octavia. Il ne devait pas être seul de son espèce, et c'était valable pour tous les moyens de locomotion!

De toute manière, le bruit était assourdissant et,

même sans témoins, Kenneth Gordon aurait difficilement pu hurler ses secrets à l'adresse de sa compagne.

Aussi la jeune fille concentra-t-elle son attention sur le paysage, espérant apercevoir bientôt les pyramides. Elle était résolue à ne pas quitter la capitale sans avoir admiré le site célèbre de Gizeh, et surtout le sphinx!

Lorsqu'elle veillait son père inconscient, quinze jours plus tôt, elle était loin d'imaginer qu'elle contemplerait bientôt l'une des sept merveilles du monde.

Je vis une incroyable aventure, se dit-elle, et je dois savourer chaque moment des jours qui passent! Quand je serai de retour à Birkenhall, dans la maison vide, sans rien d'autre à manger que des pommes de terre, au moins j'aurai mes souvenirs pour me tenir compagnie!

– Pourquoi froncez-vous les sourcils? demanda Kenneth Gordon.

La jeune fille sursauta. Elle était si absorbée dans ses pensées qu'elle avait oublié sa présence.

– Je suis préoccupée pour mon avenir... Mais je vais m'efforcer de penser à autre chose!

– Vous allez surtout cesser de vous faire du mauvais sang, parce que j'ai promis de veiller sur vous. Ayez confiance en moi. Nous ne savons pas ce que la Providence nous réserve mais, dans l'ensemble, je la trouve plutôt généreuse.

Il devait songer qu'il était encore en vie mais qu'il avait frôlé la mort de bien près.

– Moi aussi, je ferai mon possible pour veiller sur vous! dit la jeune fille dans un élan.

– J'aurai sûrement besoin de vos bons offices. Je vous ai vue à l'épreuve. Je peux dire que j'ai eu de la chance de tomber sur quelqu'un comme vous!

– Ces hommes, les deux Egyptiens, savent-ils que vous avez quitté Alexandrie?

Il était impossible de répondre à cette question, aussi Kenneth préféra-t-il interroger Octavia :

– Si nous parlions plutôt de vous?

La jeune fille se sentit gênée. Que pouvait-elle raconter sans trahir son milieu, sa famille, ou révéler des détails qui rendraient son identification immédiate?

Par bonheur, le train se mit à ralentir et entra dans une gare.

– C'est le dernier arrêt avant Le Caire, dit Kenneth en s'asseyant sur la banquette où il était resté paresseusement allongé.

Octavia se pencha par la fenêtre pour distinguer des personnages typiques dans la foule bigarrée; nombreux étaient ceux qui n'avaient nullement l'intention de voyager, semblait-il; ils venaient sur le quai pour le seul plaisir de regarder le train ou de saluer leurs amis.

Des fillettes aux longs cheveux noirs, des hommes moustachus ou de dignes vieillards auraient pu servir de modèles à un peintre.

Soudain elle étouffa un cri et se rejeta en arrière.

– Qu'y a-t-il? fit Kenneth.

– J'ai cru voir... Oh, je n'en suis pas tout à fait sûre! Cet homme à la veste marron qui est entré dans ma chambre à Alexandrie...

Kenneth Gordon eut la prudence de ne pas examiner le quai à son tour.

– Il faudrait en avoir le cœur net!

– J'avais remarqué la vilaine couleur de sa veste. J'avais pensé qu'il fallait être vraiment vulgaire et déplaisant pour choisir une horreur pareille!

– Vous croyez qu'il a voyagé avec nous?

– Il est descendu, me semble-t-il, du premier

wagon après la locomotive. Et il se dirigeait par ici!

– Fermez la fenêtre! ordonna Kenneth. Mettez votre chapeau et baissez votre voilette.

Octavia lui obéit en silence, poussa le plateau de leur déjeuner pour s'asseoir dans l'angle le plus éloigné de la portière, et attendit.

Kenneth avait repris sa position couchée; il déploya un journal sur son visage et ne bougea plus.

Les secondes s'écoulaient lentement. La jeune fille priait le ciel pour que l'individu n'ait pas le temps d'examiner tous les compartiments avant leur départ. L'arrêt du train était anormalement long.

Puis elle entendit le coup de sifflet du chef de gare, le bruit de la vapeur lâchée par la locomotive et le grincement familier des roues sur les rails.

Elle poussa un soupir de soulagement :

– Ouf! nous partons! Je me suis peut-être trompée...

Mais, comme elle se retournait, la porte s'ouvrit avec violence et un individu fit irruption dans le compartiment. C'était l'homme au fez, celui qui avait inspecté la penderie d'Octavia à l'hôtel.

Il retrouva son équilibre en prenant appui contre le cadre de la fenêtre, puis sortit de sa ceinture, drapée à la mode du pays, un long couteau effilé.

Octavia jeta un cri.

Kenneth repoussa son journal et bondit avec un mouvement si rapide et si bien calculé que l'assaillant fut surpris. Il le saisit par le poignet et tenta de le désarmer.

Entre les banquettes se déroula un combat sans pitié que la jeune fille regardait avec terreur, sachant que les forces n'étaient pas égales : Kenneth n'était pas armé.

Comme elle cherchait en vain le moyen de lui venir en aide, elle le vit assener un coup de tranchant de la main sur la nuque de l'Egyptien qui tomba sur le sol en lâchant son couteau.

Sans perdre un instant, Kenneth ouvrit la portière et poussa le corps inerte au-dehors. Le train prenait de la vitesse et longeait un canal.

– Bon débarras!

Pour Octavia, tout s'était passé en un éclair : l'homme était là... puis il disparaissait, ne laissant pour tout souvenir de son passage qu'une lame brillante sur le plancher du compartiment, sous ses pieds.

Elle claquait des dents lorsque Kenneth la regarda :

– Tout va bien! C'est fini! murmura-t-il, haletant.

Il passa un bras autour des épaules de la jeune fille et s'aperçut qu'elle tremblait.

– Je suis désolé de vous avoir infligé cette scène de violence... Mais c'était lui ou moi! Je peux dire, pour vous rassurer, que nous avons désormais un ennemi de moins à nos trousses!

– Il est... mort?

– C'est probable!

Kenneth se pencha pour ramasser l'arme de son agresseur. Octavia frémit en pensant que ce couteau abandonné aurait pu se planter dans le cœur de son compagnon : c'est lui qui serait mort à présent, et non l'Egyptien. Elle cacha son visage entre ses mains.

Kenneth Gordon inspecta minutieusement le manche du poignard, sa lame légèrement courbée, cherchant quelque marque ou quelque indication. Comme il ne trouvait rien, il baissa la vitre et le jeta dehors. Le couteau étincela au soleil avant de disparaître dans les eaux du canal, comme son propriétaire un instant plus tôt.

Kenneth revint s'asseoir à côté de la jeune fille :

– Donnez-moi votre main!

Elle la lui tendit et il la serra entre les deux siennes.

– Je suis réellement navré! Essayez d'oublier cela... Nous arrivons au Caire. Vous allez voir les premiers faubourgs.

– Oh, tout ira bien! Je me sens déjà mieux...

– Octavia, écoutez-moi. J'ai quelque chose d'important à vous dire.

Elle leva vers lui des yeux pleins de larmes.

– Tout ça est trop éprouvant pour vous! Je le comprends maintenant. Il vaut mieux pour vous que vous rentriez en Angleterre. Un de mes amis vous accompagnera au port d'Alexandrie et vous trouvera une cabine sur un paquebot de la compagnie *Peninsular and Oriental*. Il prendra contact avec les officiers du bord pour qu'on veille à votre confort. Ne vous souciez pas des questions d'argent : je vous dois un dédommagement, et ce sera la moindre des choses.

Il fallut à la jeune fille un certain temps pour comprendre le sens de ces paroles car elle était encore sous le choc.

Elle protesta :

– Non! Vous n'avez pas compris! J'ai ressenti une peur affreuse quand j'ai vu cet homme se jeter sur vous, mais je me sens très bien maintenant. J'ai eu peur pour vous!

– Vraiment? Vous étiez inquiète pour moi?

– Je pensais que c'était à cause de moi. Je n'aurais pas dû me pencher à la fenêtre... il avait dû me voir...

– Ces individus examinaient tous les compartiments, les uns après les autres. C'est une chance que j'aie été attaqué pendant le voyage; ainsi j'ai pu me débarrasser de mon assaillant; ç'aurait été plus difficile dans les rues du Caire où la population n'aurait pas manqué de lui prêter main-forte!

Octavia tressaillit.

– Laissez-moi vous aider, dans la mesure de mes moyens! pria-t-elle.

Kenneth s'étonna :

– Vous préférez donc demeurer en Egypte?

– S'il vous plaît... J'avoue que j'ai eu peur mais je serais beaucoup plus inquiète durant une traversée... et je trouverai chez moi quelque chose de pire encore!

– Je ne comprends pas comment votre – hum! – votre frère a été assez mufle pour vous abandonner ici!

– Il le fallait! Il y était obligé! Il ne m'a pas abandonnée sans rien, j'ai de quoi payer mon voyage de retour.

– Et vous êtes une voyageuse aguerrie qui ne craint pas l'aventure!

Il la taquinait gentiment. Octavia fit un effort pour se mettre à l'unisson.

– Avant qu'il soit trop tard, je désire, à dix-neuf ans, me lancer dans une grande carrière d'exploratrice!

– Bravo! Vous avez raison. N'attendez pas d'avoir atteint l'âge vénérable de vingt ans!

Le train s'engageait dans les médinas du Caire. Il avait considérablement ralenti.

– Croyez-vous que quelqu'un se soit aperçu de... nos difficultés? s'inquiéta la jeune fille.

– Je ne le pense pas, mais nous devons prendre nos précautions. Nous n'allons pas descendre en gare avec nos vêtements européens.

– Que voulez-vous dire?

– Je m'étais préparé à cette éventualité.

Kenneth ouvrit le paquet provenant de la boutique d'Alexandrie. Il contenait des vêtements du pays.

– Mettez cette robe noire par-dessus votre robe. J'ai aussi un voile et des sandales pour vous. Vous verrez, dans cet accoutrement, même votre Tony aurait du mal à vous reconnaître!

Octavia réussit à sourire.

– Je n'en doute pas!

– Laissez-moi vous aider. Nous n'avons pas beaucoup de temps.

– Craignez-vous que le deuxième homme nous attende à l'arrêt du train? demanda la jeune fille en revêtant la « mélaya », cette ample robe musulmane aux couleurs vives.

– J'en suis sûr! Aussi ne devons-nous rien laisser au hasard. J'espère que vous n'aurez pas trop chaud là-dessous, et que vos sandales ne vous feront pas mal aux pieds.

La jeune fille était prête à souffrir tout l'inconfort possible si cela devait écarter le danger.

– Prenez votre argent et glissez-le dans votre poche!

Docile, Octavia ouvrit son sac et prit les vingt-cinq livres anglaises qu'elle devrait bientôt changer en monnaie locale. Mais il faudrait pour cela qu'elle passe à la banque, où elle aurait à donner son nom...

Si au moins Tony avait pensé à changer cet argent avant de partir! Mais il était si pressé de rejoindre Virginia Vanderby qu'il n'avait pas eu le temps de songer aux problèmes de sa sœur!

Elle enfila sans difficulté les sandales plates et demanda :

– Devons-nous laisser nos bagages?

– Oui. Nous y sommes obligés. J'aurais préféré les jeter par la fenêtre mais nous roulons en zone urbaine. Il ne nous reste qu'à les cacher sous les banquettes.

Octavia considérait tristement son sac à main. Il était en cuir brun, éraflé aux angles, mais elle n'en possédait pas d'autre. Quant à ses chaussures, c'était sa meilleure paire.

– Je vous promets de vous offrir au Caire tout ce que vous aurez perdu par ma faute, affirma Kenneth Gordon.

La jeune fille se demanda s'il aurait assez d'argent pour lui permettre de reconstituer son trousseau. Car sa chère vieille malle devait aussi être abandonnée...

Après avoir drapé le voile sur ses cheveux, elle agrafa le tissu noir qui devait lui masquer le bas du visage. Elle se sentait anonyme dans ce costume traditionnel : il recouvrait entièrement ses habits à l'européenne.

– Vous êtes parfaite! A mon tour de me transformer. Fermez les yeux pendant que je me change, s'il vous plaît...

Octavia s'assit à côté de la fenêtre et baissa les paupières; elle priait Dieu du fond du cœur pour que cette aventure, qui avait déjà causé la mort d'un homme, s'achève sans effusion de sang...

Elle se rappelait l'éclair sinistre lancé par le couteau du tueur. Cet Egyptien était résolu à supprimer Kenneth. Ses compagnons partageaient sans doute son fanatisme et sa cruauté.

– Regardez! dit une voix enjouée.

Elle ouvrit les yeux et poussa un cri d'étonnement. Kenneth portait un caftan de coton ordinaire, un turban enroulé autour de sa tête et une paire de petites lunettes rondes, cerclées d'acier.

Il était si différent et si drôle que la jeune fille éclata de rire, en dépit de ses craintes.

– Comment parvenez-vous à vous transformer ainsi?

– Vous me trouvez réussi?

– Personne ne vous reconnaîtrait!

– C'est ce que je veux.

Kenneth rassembla ses vêtements éparpillés sur la banquette et sur le sol du compartiment. Il y joignit le sac et les chaussures de la jeune fille, ainsi que la veste de sa vieille tenue d'amazone. Puis il fourra le tout sous un siège : on ne pouvait se douter de rien.

Octavia n'eut pas le temps de s'apitoyer sur le sort de ses maigres biens car le train entrait en gare.

Kenneth Gordon s'assit auprès d'elle.

– Vous rendez-vous compte? Vous êtes une femme exceptionnelle! affirma-t-il en souriant. Pas une récrimination, pas un regret? Un jour, que j'espère prochain, je vous donnerai la preuve de mon admiration.

Il ne continua pas sur ce ton mais ajouta d'une voix brève :

– Dès que le convoi s'arrêtera, quand la vapeur sortira en nuage de la locomotive, nous quitterons le compartiment et marcherons le plus vite possible vers la sortie. Nous devons être dans la rue avant d'avoir laissé à quiconque le temps de nous barrer le chemin.

– L'autre homme, celui qui porte la veste marron?...

– Il ignore ce qui est arrivé à son complice. Et il ne se doute pas de notre nouvelle apparence.

Kenneth parlait avec tant d'assurance que la jeune fille se sentit réconfortée; un peu de son appréhension s'estompa.

– Nous n'aurons pas de mal à sortir de la gare, selon vous?

– La chance nous accompagne. Je vous l'ai dit, vous êtes mon porte-bonheur!

– Ce sera une histoire passionnante à nous rappeler au dernier chapitre!

– J'espère que nous n'en sommes pas trop loin, dit Kenneth dans un sourire.

Le train freinait dans un grand bruit de métal. Le ciel était merveilleusement bleu par-dessus les toits blancs et les minarets.

– Le Caire! Le Caire! Tout le monde descend!

Que leur réserverait *El Quahira*, la Victorieuse, la Triomphante?

4

Ils fendaient la foule nombreuse rassemblée sur le quai et Octavia sentait son cœur battre à tout rompre contre ses côtes. Elle était à demi suffoquée sous son voile par la fumée de la locomotive. Ses sandales menaçaient à chaque instant de glisser. Elle trottinait derrière Kenneth avec l'apparence d'une épouse soumise et maladroite.

En descendant les marches du wagon il lui avait recommandé :

– Prenez soin de marcher quelques pas en arrière, et surtout ne me perdez pas de vue!

Octavia gardait les yeux rivés sur le caftan gris de Kenneth, n'osant jeter des regards de côté pour tenter de découvrir l'homme à l'horrible veste marron et jaune.

La grande gare moderne résonnait du brouhaha causé pas des centaines d'individus qui s'interpellaient, piétinaient, couraient çà et là dans une confusion de langues, de costumes et de rangs des plus pittoresques.

Un groupe d'Anglais, vêtus de costumes de toile blanche, escortait une gracieuse lady protégée par une ombrelle. Octavia se sentait à mille lieues de cette jolie personne qui, peut-être, avait connu son père...

Elle ramena son voile sur ses yeux pour cacher

ses sourcils trop clairs, et baissa la tête afin de ne plus voir que les babouches de Kenneth qui avançait, imperturbable, dans cette marée humaine.

Puis la foule devint moins dense et le bruit s'atténua. Une bouffée d'air frais fit frissonner les vêtements de la jeune fille et lui rafraîchit le visage.

Des fiacres sagement alignés attendaient devant la gare. Kenneth interpella un cocher en arabe et lui donna une adresse.

Le soleil, éblouissant, inondait la place. Tout était recouvert d'une fine poussière de sable : elle se glissait partout, recouvrant les feuilles des arbres, les bancs, jusqu'aux parterres de fleurs.

– Le khamsin a soufflé, murmura Kenneth tandis que le véhicule s'engageait dans une vaste avenue à l'européenne. C'est le vent du désert. Heureusement, il a cessé. Vous n'auriez pas apprécié cette spécialité de l'Egypte!

La jeune fille rit de bon cœur. Elle se sentait merveilleusement légère et soulagée.

– Je regrette de vous importuner, dit-elle à voix basse, mais je vous rappelle que je n'ai plus rien, même pas une brosse à dents. Ne peut-on s'arrêter quelque part?

– Ne vous inquiétez pas. Je tiendrai ma promesse. Je connais d'excellentes couturières sur la corniche.

Octavia ne pouvait s'empêcher de penser aux prix qu'elles devaient demander. Toutefois, elle n'osa formuler aucune objection.

Les rues étaient encore plus animées que celles d'Alexandrie, et la circulation non moins périlleuse. Des « chaouchs » essayaient de mettre un peu d'ordre aux carrefours mais ne parvenaient visiblement pas à se faire respecter. Chacun allait son chemin, le plus vite possible, sans se soucier du voisin.

– N'oubliez pas que nous sommes dans la plus grande ville du monde arabe! fit remarquer Kenneth Gordon, à mi-voix pour ne pas attirer l'attention du cocher. Les quartiers indigènes sont surpeuplés. Mais chacun prend cet entassement avec bonne humeur.

En effet, la foule semblait joyeuse et affairée. Les enfants, innombrables, étaient convenablement nourris, mais leurs vêtements étaient le plus souvent en haillons.

– Je suis ravie de connaître Le Caire! chuchota la jeune fille.

– Il y a tant de choses à voir et à découvrir, à aimer devrais-je dire, que vous n'êtes pas prête de vous lasser!

La présence britannique en Egypte, très importante, se remarquait au nombre de soldats en uniforme qui gardaient les principaux édifices des quartiers neufs et patrouillaient dans les rues marchandes.

Le fiacre traversa le Nil sur un très long pont qui prenait appui sur une île.

– Regardez! souffla Kenneth. Ces petits bâtiments cachés par les arbres font partie d'un jardin zoologique. Il y a des girafes, et même des lions. Je vous y conduirai bientôt.

Il paraissait tenir sincèrement à la présence d'Octavia! Mais lui serait-elle vraiment utile? Certes, il avait parlé d'un emploi différent, une fois les risques écartés... De quoi s'agissait-il, au juste?

Peut-être, dans un jour ou deux, annoncerait-il qu'en fin de compte il n'avait plus besoin de ses services? Elle quitterait alors cette ville si attrayante et colorée pour retourner dans les brumes de Birkenhall...

– Vous semblez toujours si inquiète! Rassurez-vous, je vous en supplie. Nous ne sommes pas suivis, je vous le jure. Bientôt, vous pourrez enlever ces vêtements peu confortables, annonça Kenneth.

Octavia n'eut pas le temps de poser la question qui lui venait aux lèvres. Il éclata de rire.

– Vous aurez quelque chose à vous mettre! Et je vous assure que ce soir nous ne sommes pas priés d'être présents à une grande réception chez Lord Cromer!

– Quel soulagement! répondit la jeune fille sur le même ton.

Elle avait entendu parler de Lord Cromer, résident général et véritable maître du pays.

– Ne croyez pas que je serais inquiété à cause de votre apparence, mais je me sens un peu fatigué après nos dernières aventures, et je préfère une bonne nuit de repos!

– Pourtant, vous avez dormi dans le train!

– D'un œil... toujours sur le qui-vive!

Le fiacre traversa à présent un quartier résidentiel où des maisons majestueuses se dressaient sur de vertes pelouses, au milieu des palmiers et des bougainvillées.

Sur un signe de Kenneth, la voiture tourna, franchit une grille ouverte et stoppa dans un vaste jardin.

Un escalier de pierres blanches menait à une maison qui disparaissait dans les clématites en fleur; c'était un pittoresque fouillis de corolles bleues et roses, de balcons, de fenêtres protégées pas des stores de toile. Octavia tomba sous le charme.

– Est-ce là que vous habitez? demanda la jeune fille après que le cocher fut parti, non sans un pourboire généreux.

– C'est la demeure d'un ami qui m'offre souvent l'hospitalité quand je suis au Caire.

Un serviteur nubien se précipitait, un sourire éclairant son visage sombre.

– Vous êtes de retour, monsieur Gordon! Je suis content!

– Bonjour Hassam! Pas de problèmes ici?

– Hélas, maître! De mauvaises nouvelles!

Kenneth s'immobilisa.

– Comment! Que s'est-il passé?

– Trois hommes avec le mauvais œil sont venus ici juste après votre retour. J'étais caché dans le jardin...

– Tu as eu raison.

– Ils sont allés partout! Ils ont fouillé toute la maison! Jeté les papiers par terre...

Kenneth pénétra dans la maison, suivi d'Octavia. Les pièces étaient vastes et accueillantes, peintes de frais et garnies de meubles de rotin.

– Donne-nous à boire, Hassam. Des jus de fruits avec de la glace. Et ne te tracasse plus au sujet des « visiteurs » : ils n'ont pas pu trouver ce qu'ils cherchaient!

Octavia regardait à la ronde avec intérêt.

– Otez-moi ces oripeaux! jeta son compagnon. Vous avez l'air d'une montgolfière!

Sans se faire prier, la jeune fille se libéra de ses étoffes noires et chercha un miroir pour arranger ses cheveux. Ils étaient moites d'être restés sous le voile étouffant et, surtout, de la peur qu'elle avait eue.

– Ah! dit-elle en s'asseyant sur un sofa recouvert de chintz fleuri, je ne pourrai plus jamais voir une musulmane sans éprouver de la pitié! Comment supportent-elles ce poids sur elles?

Et elle jeta à travers la pièce les sandales poussiéreuses qu'elle avait encore aux pieds.

– Elles y sont habituées. Mais je ne peux pas dire que leur costume soit très flatteur. Je vous préfère ainsi.

– Toute rouge et décoiffée?

– J'emploierais des adjectifs plus louangeurs mais je ne veux pas blesser votre modestie.

Octavia sourit.

– Sincèrement, je n'ai pas de quoi me vanter!

Elle ne remarqua pas l'expression de son interlocuteur car elle avait bondi de son siège pour examiner une vitrine.

– Vous avez de véritables trésors! Ces objets proviennent d'un site ancien?

– La plupart ont été découverts par moi. J'ai l'intention de les rapporter en Angleterre pour les offrir à un musée.

– Vous avez une maison en Angleterre?

Mais à peine avait-elle posé cette question que la jeune fille se mordit les lèvres; c'était une erreur : sa curiosité pouvait susciter des questions de la part de son compagnon, et elle serait obligée de s'expliquer davantage sur sa situation. Pour prévenir toute indiscrétion, elle s'écria :

– Quelle jolie tête, si finement sculptée! Est-ce un pharaon?

– Je crois plutôt qu'il s'agit du gardien d'une tombe.

Il ne s'était pas levé pour la rejoindre mais, carré dans son fauteuil, il la regardait se promener à travers la pièce.

Après avoir enlevé ses lunettes et son turban, il défit le col de son caftan.

– Oh! Ces petites boîtes! Quelles merveilles! s'exclamait la jeune fille.

Sur une table basse étaient disposés des bibelots d'ivoire, de métal et de bois qui rappelaient à Octavia la collection de tabatières de Birkenhall.

Toutefois, ces boîtes étaient d'une facture plus artisanale; certaines portaient des incrustations de nacre, des décorations de pierres semi-précieuses en cabochons.

– Savez-vous à quoi elles servaient? demanda Kenneth.

– Je peux peut-être le deviner. Les Egyptiennes d'autrefois y mettaient leurs fards et leurs parfums, à mon avis...

Tout en parlant elle se rappela ce qu'elle avait lu sur la reine Cléopâtre : non seulement celle-ci prenait des bains de lait et utilisait des masques de beauté au miel, mais elle se fardait les yeux de bleu et les lèvres de poudre d'or.

– Vous faites erreur. Ce sont en réalité de toutes petite cages où l'on enfermait des scorpions!

Octavia resta figée sur place.

– Des scorpions? Mais ce sont des animaux très dangereux!

– Certes! Si on est piqué par le dard d'une de ces sales bêtes, on trépasse dans les cinq minutes dans des souffrances épouvantables!

– Alors, pourquoi...

Elle poussa un cri :

– Vous voulez dire que les anciens Egyptiens conservaient ainsi des scorpions pour se débarrasser à l'occasion de leurs ennemis?

– Exactement! Certaines de ces boîtes ont une grande valeur. Je m'amuse à les collectionner.

– Oh, je les trouve horribles! Vous avez gâché mon plaisir. Quelle drôle d'idée d'avoir ça chez soi!

– Je n'ai pas l'intention de les remettre en service, si c'est ce que vous craignez. Je juge le procédé peu élégant...

Elle s'indigna :

– Vous parlez comme si le meurtre était un jeu!

Mais c'est épouvantable, et je ne veux plus jamais penser à ce qui s'est passé dans le train!

– Pardonnez-moi. Je ne voulais pas vous rappeler ce pénible épisode. Venez vous asseoir : Hassam nous apporte de quoi nous rafraîchir.

Kenneth parlait d'un ton si aimable que la jeune fille sentit s'évanouir sa mauvaise humeur. Elle accepta un verre de citronnade. Mais elle restait convaincue que c'était un tort d'évoquer à la légère les meurtres et les crimes. La vie est si précieuse! pensait-elle. Comment pouvoir priver quelqu'un de cette richesse?

Kenneth suivait le cours de ses réflexions.

– Vous avez raison, Octavia, mais nous vivons dans un monde dangereux et impitoyable... Il vaut mieux rire que pleurer sur la folie de ceux qui aiment détruire au lieu de bâtir.

La jeune fille le regarda avec étonnement.

– Vous avez compris ce que je voulais dire...

– Oui! J'essaierai de vous protéger, je vous le promets, mais, de votre côté, faites un effort pour ne plus être aussi émotive.

– C'est l'impression que je vous donne?

Il sourit.

– Je suis un fin psychologue! Vous possédez aussi un sang-froid qui fait de vous une femme exceptionnelle!

– Puissiez-vous dire vrai... Lorsque vous dormiez, dans le train, je songeais que vous connaissiez vraiment la vie et que vous seriez peut-être assez bon pour me communiquer une part de votre expérience.

– C'est mon plus cher désir!

Il parlait d'une voix riche et pleine qui fit passer un petit frisson dans le dos de la jeune fille. Elle leva son verre, comme pour porter un toast, et but la citronnade, fraîche, délicieuse et désaltérante.

Elle avait très soif. La vue d'une carafe sur la table, remplie à ras bord, lui fit éprouver une vive reconnaissance envers Hassam.

– Vous êtes heureux d'avoir un serviteur aussi compétent ! remarqua-t-elle.

– Il prépare un bain pour vous, en ce moment. Et il vous trouvera une toilette pour le dîner, sans doute une djellaba. Ensuite, vous pourrez vous reposer. Vous l'avez bien mérité.

Octavia s'aperçut que le soleil se couchait derrière les arbres du jardin. L'air était chaud et lourd.

– Je souscris entièrement à votre programme, dit-elle.

Kenneth remplit à nouveau leurs verres; quand ceux-ci furent vidés, il se leva et prit la direction de l'escalier. La jeune fille le suivit.

Au premier étage, il ouvrit la porte d'une chambre très simple, occupée par un lit et une coiffeuse drapée de blanc. Octavia fut désappointée de ne pas apercevoir le rituel « tub » de métal avec ses brocs d'eau chaude. Elle s'attendait à trouver ici le confort d'une maison anglaise où l'on se baignait dans sa chambre, car il était considéré comme incorrect de se promener dans les corridors en peignoir de bain.

Certes, dans les hôtels, ce n'était pas la même chose, puisqu'une salle de bains desservait plusieurs pièces au même étage. La jeune fille avait pensé que dans cette riche villa on lui préparerait son bain dans sa chambre.

Son expression devait trahir son désarroi car son compagnon lui expliqua :

– Chaque chambre à coucher dispose d'une salle de bains privée.

– Oh, quel luxe ! Je serai ravie d'en profiter !

Une porte entrouverte donnait sur une petite

pièce carrelée, dont les murs étaient ornés de peintures imitant celles des anciens tombeaux. La baignoire était en-dessous du niveau du sol, à la manière des thermes romains, et quelques marches y conduisaient.

– Comme c'est original! Et joli!

– Détendez-vous après nos émotions de la journée. Et quand vous rentrerez dans votre chambre, vous y trouverez un vêtement pour la soirée.

Sur ces mots, Kenneth la laissa.

Encore secouée par toutes ses aventures, Octavia mit quelque temps à s'habituer à son nouveau cadre. Elle admira le décor mural, découvrit un placard habilement dissimulé et y suspendit sa robe.

Elle se dévêtit et entra dans l'eau de son bain, tiède et parfumée au jasmin.

Elle se crut transportée dans un conte des mille et une nuits. Tout, autour d'elle, était élégant et recherché. Le propriétaire de la demeure devait être fort riche. Comment avait-il pu se lier d'amitié avec un aventurier comme Kenneth? D'autre part, celui-ci avait déclaré que les curiosités du salon étaient à lui : gagnait-il sa vie en pillant les tombes et en écoulant ses découvertes?

Cela éclairait son personnage sous un jour peu flatteur mais elle l'estimait malgré tout. Aussi la jeune fille décida-t-elle d'écourter sa toilette et de retrouver au plus tôt l'homme qui l'intriguait si fort.

Elle rentra dans sa chambre et aperçut, dépliée sur son lit, une tunique de soie vert nil, finement brodée d'argent et de perles. C'était un vêtement féerique, digne d'une princesse.

Quand elle se regarda un peu plus tard dans le miroir, Octavia se trouva métamorphosée. Elle aurait pu être une sultane si ses yeux et ses cheveux avaient été noirs. Elle trouva sur la coiffeuse un flacon de khôl et se maquilla les yeux.

Ce faisant, elle s'interrogea sur la présence de fards dans sa chambre. Et d'où venait cette robe de rêve? Il y avait aussi des mules de cuir blanc, peut-être un peu grandes, qui n'avaient jamais été portées...

Elle sortit sur le palier, plutôt intimidée. Kenneth Gordon lui semblait trop compétent en matière de parures féminines. Il avait dû acquérir cette science dans la fréquentation de femmes sûrement très belles.

Supporterait-elle la comparaison?

Inquiète et irrésolue, Octavia descendit lentement l'escalier. La porte du salon était ouverte et Kenneth se tenait dans l'embrasure, les yeux fixés sur elle.

Au lieu de la tenue de soirée traditionnelle, il portait un costume de lin blanc agrémenté d'un nœud papillon.

Sans raison, la jeune fille rougit.

– Vous êtes parfaite dans cette robe; vous avez l'allure d'une véritable Egyptienne! dit Kenneth d'une voix rassurante.

– Je ne sais plus où je suis, ni à quelle époque je vis!

– Ce sont des impressions qu'un bon dîner remettra en place. Je suis affamé, notre déjeuner dans le train était un peu léger.

Il conduisit la jeune fille dans une salle à manger de plain-pied avec le jardin. Les portes-fenêtres étaient grandes ouvertes et l'air du soir rafraîchissait la pièce.

Kenneth prit la place du maître de maison et Octavia s'assit à sa droite. Aussitôt Hassam apparut, portant un bouillon de concombre glacé. Il posa un carafon de vin sur la table et s'éclipsa.

– Hassam fait-il donc tout dans la maison? s'enquit la jeune fille.

– Il en est le responsable. Il me connaît depuis longtemps et sait mes préférences. Comme dans la plupart des propriétés du pays, il habite une maisonnette au fond du jardin, avec sa famille. Nous pouvons faire appel à un aide supplémentaire en cas de besoin. Je suppose que c'est le frère de Hassam qui a préparé le repas.

La jeune fille se mit à rire.

– Rien d'étonnant à ce que vous viviez ici dans un confort de pacha!

– Naturellement! Pourquoi se restreindre si on peut l'éviter?

Octavia étudia un moment l'homme élégant assis à côté d'elle.

– M'expliquerez-vous pourquoi le maître occasionnel d'un paradis comme celui-ci est obligé de courir sur les toits d'Alexandrie et d'en descendre le long de tuyaux rouillés?

– Je vous donnerai tous les éclaircissements nécessaires, mais après le dîner.

Le repas, quoique délicieux, parut long à la jeune fille. On lui servit des poissons pêchés dans le Nil, des cailles du désert et des fruits dont elle ne connaissait pas le nom.

Puis Hassam porta le plateau du thé sur la pelouse où étaient disposés plusieurs sièges garnis de coussins.

Le ciel faisait étinceler ses milliers d'étoiles pardessus les sombres panaches des palmiers; l'air était calme, embaumé du parfum des fleurs d'orangers. On n'entendait que le bruit monotone des criquets et le froissement des buissons où devaient se glisser des animaux nocturnes.

– C'est ainsi que j'imaginais l'Egypte, soupira rêveusement la jeune fille. Il me semble respirer l'air des siècles passés. Si je n'y prends pas garde, je m'échapperai de notre époque à jamais!

– Quand vous verrez les pyramides, vous ressentirez la même impression, plus intense encore.

– Vous n'avez pas oublié votre promesse...

– Je la tiendrai!

Octavia fit un effort pour revenir au temps présent.

– Répondez à mes questions, je vous en prie! Sinon, je ne pourrai pas dormir!

– C'est du chantage! dit Kenneth sur un ton moqueur. Mais il est juste que vous sachiez ce qui se passe, quoiqu'il ne soit pas facile de vous l'exposer en peu de mots.

– Je vous en prie, essayez!

– Connaissez-vous la situation politique actuelle en Egypte?

– Non. Je n'en ai pas la moindre idée, je l'avoue!

– Dans ce cas, je vais vous rappeler que, voici quinze ans, un certain Ourabi Pacha s'est rebellé contre le gouvernement. Celui-ci a fait appel aux Britanniques. Une armée anglaise, hâtivement constituée, a battu les forces du Pacha en un lieu nommé Tell-el-Kabir. Et, depuis ce moment-là, nous occupons plus ou moins le pays.

– Qu'en pensent les habitants?

– Au début ils ont été ravis car, sans nous, ils auraient connu la guerre civile. C'est sur la demande expresse du Khédive – le vice-roi, si vous préférez – que les troupes anglaises ont été chargées de rétablir l'ordre et de faire régner la loi.

– Voilà pourquoi j'ai vu ici tant de nos soldats!

– Oui. Ils sont six mille dans la seule ville du Caire.

– Six mille!

– Ils sont placés sous les ordres de Lord Cromer.

Je vous le ferai connaître : c'est un homme intelligent et capable, pour lequel j'éprouve beaucoup d'admiration.

– Je n'en doute pas. Mais j'aimerais surtout vous entendre parler de vous.

– Je suis archéologue.

– Oh!...

La jeune fille l'avait imaginé en aventurier, en pilleur de tombes, mais pas en savant.

– Comme je dispose d'une certaine fortune, continua Kenneth, j'ai entrepris des recherches systématiques depuis cinq ans. J'ai été récompensé de mes peines par de nombreuses découvertes.

– Qu'avez-vous trouvé?

– Des inscriptions, des bronzes, des objets usuels. Je vous les montrerai plus tard. Tout se passait bien, jusqu'au jour où j'ai dû retourner en Angleterre inopinément. J'ai laissé les fouilles à la charge de mon associé, un Français dans lequel j'ai toute confiance, il a poursuivi les travaux en mon absence et a découvert l'entrée d'un tombeau inviolé.

– C'est passionnant!

– Lorsque j'en ai eu fini avec les formalités qui me retenaient chez moi, je suis revenu en Egypte, voici une quinzaine de jours. J'ai trouvé une lettre de mon collègue, M. Lantier, où il m'exposait ses découvertes en même temps que ses ennuis.

– Quelle sorte d'ennuis?

– Il ne me donnait guère de détails. Toutefois, il paraissait inquiet. Il joignait à sa lettre un croquis m'indiquant où était la tombe. Pour des raisons qu'il taisait, il avait stoppé les fouilles et masqué l'accès du tombeau.

– Il attendait votre arrivée...

– C'est ce que j'ai cru. M. Lantier craignait un groupe d'hommes résolus à mettre la main sur le trésor, pour l'utiliser à des fins politiques...

– Depuis votre retour, il a sûrement eu le temps de vous donner des explications.

– Malheureusement il a disparu! Je n'ai donc pas eu le loisir de l'interroger.

– Vraiment?

– Il s'est rendu à la poste pour m'expédier sa lettre et, depuis, nul ne l'a revu!

Octavia restait médusée.

– Vous voulez dire... qu'on l'a tué?

– J'espère que non! Il a été enlevé.

– Un rapt?

– Je me suis renseigné, vous l'imaginez... Je suis allé voir les gens haut placés qui connaissent en principe le dessous des cartes, et voilà ce que j'ai appris : un ami d'Ourabi Pacha, lequel se trouve en exil à Ceylan, semble déterminé à chasser les Anglais d'Egypte. Il veut provoquer une révolution et renverser le Khédive Ismaïl. Pour cela, il lui faut beaucoup d'argent.

La jeune fille réfléchissait.

– S'il vendait les trésors de la tombe que vous avez découverte, il récolterait une forte somme?

– Oui. Les amateurs d'antiquités sont de plus en plus nombreux, et disposés à payer cher des objets authentiques, notamment les Américains.

Octavia se souvint de Virginia Vanderby : elle faisait partie de ces amateurs d'art du monde entier. Elle parcourait le vieux continent à la recherche de beaux objets qui feraient pâlir d'envie ses compatriotes.

– Si Ourabi Pacha obtient de l'argent, il aura les moyens de soulever le pays?

– Il lui suffirait de faire assassiner le Khédive ainsi que Lord Cromer, puis de prendre le pouvoir.

– Je comprends... Mais pourquoi vous pourchasse-t-il?

– Parce que je suis mêlé à l'affaire. J'ai des droits sur la tombe. Et je connais intimement Lord Cromer qui m'a déjà confié quelques petites... missions, dirons-nous.

– Votre situation est délicate!

– Dangereuse, même. Vous avez pu le constater.

Un silence tomba.

– Si les révolutionnaires parviennent à vous tuer, ils n'auront pas le plan du tombeau pour autant, fit remarquer la jeune fille.

– Ils n'en ont peut-être pas besoin. Ils ont pris Lantier : ils peuvent lui arracher son secret sous la torture.

– Taisez-vous, je vous en prie!

– C'est là un domaine où les Egyptiens sont malheureusement passés maîtres. Mais je fais confiance à Lantier. Je le tiens pour un homme loyal et déterminé.

– Vous êtes associés?

– Oui... tant que je vivrai! Si un « malheur » m'arrivait, Lantier pourrait passer sous la coupe d'un autre. Suivez-vous mon raisonnement?

– Et il ne se croirait plus lié par le « secret professionnel »?

– Voilà pourquoi je dois mourir.

Octavia ne put s'empêcher de pousser un cri.

– Vous devez vous montrer plus prudent! Croyez-vous être en sécurité ici?

Kenneth jeta un regard distrait sur les buissons fleuris et les arbres qui l'entouraient.

– Je ne suis pas chez moi, ici. C'est la maison d'un ami. Ensuite, des observateurs éventuels n'ont vu arriver qu'un couple d'Arabes très ordinaires. Enfin, la famille d'Hassam guette nuit et jour quand je suis là.

La jeune fille n'était pas très rassurée :

– Si j'ai bien compris, Ourabi Pacha et son complice veulent se procurer des fusils, des pistolets, tout un arsenal pour armer le plus grand nombre possible d'Egyptiens. Alors, ils attaqueront les régiments britanniques stationnés dans le pays.

– Oui, exactement. Et ils devront se débarrasser de Lord Cromer en tout premier lieu.

– Pourquoi?

– C'est lui qui tient le pays en main. Grâce à lui, cette nation a échappé au désastre financier qui la menaçait. Il a mis sur pied un train de réformes qui commencent à porter leurs fruits. Le pays s'industrialise. La production de coton s'accroît rapidement...

Kenneth étudia l'expression de la jeune fille car il craignait de l'ennuyer par des détails trop techniques; mais elle lui demanda avec empressement de continuer.

– Il a commencé la construction du barrage dans la ville d'Assouan, pour des travaux d'irrigation. Il a réformé la justice égyptienne, modernisé les chemins de fer, que sais-je encore? Ce serait un désastre s'il était assassiné!

– Et vous aussi!

Kenneth Gordon sourit et demanda sur un ton différent :

– Vous le pensez vraiment?

– Vous passez sous silence bien des services rendus à de nobles causes... J'en suis sûre.

– Vous me surestimez. Je ne suis pas une personnalité et je désire simplement rester en vie.

Tout en parlant, il s'étira, tendit les bras audessus de sa tête et se renversa dans son fauteuil pour contempler les étoiles.

– Peut-être notre destin est-il inscrit là-haut? dit-il en riant. J'aimerais beaucoup savoir ce qu'il en sera du mien!

Il se redressa.

– Pour ce soir, la meilleure chose à faire est d'aller dormir. Ce que demain nous réserve est un mystère. Mais la journée qui se termine a été épuisante!

– Oui, nous méritons tous deux d'aller nous reposer.

– Maintenant que vous connaissez la situation, Octavia, voulez-vous encore m'aider?

– Certes. Plus que jamais! Quoique je me sente désarmée et incapable... Supposez qu'au lieu de vous rendre service, je vous cause du tort?

Il secoua la tête.

– Je suis bon juge. Ce matin, quand j'ai vu votre tête blonde par la porte ouverte de votre chambre, j'ai aussitôt pensé que vous m'étiez indispensable!

– Ne vous moquez pas de moi!

– Je suis sérieux.

– Alors, guidez-moi : expliquez-moi ce que je dois faire et je vous obéirai.

– Merci.

Kenneth présenta sa main ouverte, la paume en l'air. Octavia y posa la sienne et il referma les doigts dans une étreinte énergique.

– Je veux que vous restiez près de moi! déclara-t-il.

Un nouvel accès de timidité fit rougir la jeune fille; elle se leva.

– Ce soir, je ferai des vœux pour que vous restiez sain et sauf.

– N'oubliez pas Lord Cromer dans vos prières. Il en a plus besoin que moi! Dormez bien. Demain matin, ce qui vous effraie encore vous paraîtra moins menaçant.

– Je l'espère. Merci de votre hospitalité, ajouta-t-elle en se rappelant ses bonnes manières.

Kenneth retenait toujours sa main dans la sienne.

Il semblait l'attirer vers lui, la retenir d'une manière impérieuse.

Mais il porta simplement ses doigts jusqu'à ses lèvres, y déposa un baiser rapide, puis la relâcha.

– Bonsoir, Octavia! Je vous promets que rien ni personne ne viendra troubler votre sommeil.

Il insista sur le mot « personne » d'une curieuse manière. Craignait-il une intrusion pendant la nuit?

La jeune fille se sentit soudain épuisée; elle regagna la maison et gravit l'escalier. Quand elle entra dans sa chambre, elle trouva une chemise d'homme posée en évidence sur son lit. Sans doute appartenait-elle à Kenneth.

Sans se poser d'autres questions, Octavia se changea, défit son chignon et se glissa entre les draps.

Cinq minutes plus tard, elle dormait profondément.

Quant à Kenneth Gordon, il fumait, immobile, dans le jardin.

Il s'était déclaré très fatigué, mais il garda longtemps les yeux fixés sur le ciel où une lune presque pleine montait à l'horizon.

5

Octavia ouvrit les yeux avec le sentiment que quelque chose d'important était sur le point de lui arriver.

Un soleil radieux inondait sa chambre de lumière à travers les rideaux. Des oiseaux chantaient dans le jardin. Ce n'étaient pas les pépiements habituels de Birkenhall...

Elle était en Egypte!

Elle avait dormi profondément, d'une seule traite, et se réveillait parce qu'on frappait à la porte. Hassam entra, chargé du petit déjeuner. Il posa le plateau sur le lit et ouvrit les rideaux ainsi que les fenêtres.

La jeune fille dut fermer les yeux, éblouie par la lumière.

– Belle journée! Le maître a mangé très tôt, et il est sorti.

– Déjà! s'écria-t-elle, bouleversée.

Kenneth était quelque part, seul dans la ville où des hommes décidés à l'abattre le guettaient!

– Le maître est prudent, assura le serviteur qui semblait deviner ses pensées. Il sera là pour le déjeuner.

Sur ces mots, il quitta la pièce. La jeune fille s'adossa confortablement aux oreillers.

Sa chambre, toute blanche, lui plaisait beaucoup.

Et quel plaisir de ne pas avoir à se préparer à manger! Tout ce qui était disposé sur son plateau était à la fois exotique et raffiné.

Puisque Kenneth Gordon ne rentrerait qu'à midi, elle n'avait pas besoin de se presser; mieux valait prendre du repos pendant qu'elle en avait l'occasion.

Elle savoura le jus de pamplemousse et les petits gâteaux arabes. Quel travail attendait-on d'elle dans cette maison où tout semblait si ordonné, si parfaitement rodé? Elle ne possédait aucune aptitude exploitable... Sauf peut-être celle à se déguiser? Mais ce n'était pas là une éventualité quotidienne!

Octavia s'interrogeait toujours sur ses mystérieuses fonctions, méritant un salaire si élevé, quand Hassam revint chercher le plateau.

– Voulez-vous prendre un bain? Bientôt la couturière sera là.

– Une couturière?

Kenneth n'avait pas oublié sa promesse!

Une demi-heure plus tard, une femme d'un certain âge, très sympathique, montait l'escalier, suivie de trois jeunes Egyptiennes chargées de cartons. Elle se présenta comme Mme Florian, de Paris, correspondante au Caire des plus grands créateurs de la capitale française.

Elle montra d'abord une collection de lingeries, de soie ou de linon, décorées de dentelle fine.

Octavia déclara tout net que tout cela était beaucoup trop luxueux.

– Mais M. Gordon est passé ce matin à la boutique, madame! C'est lui qui a choisi ces modèles! Vous n'avez qu'à me signaler ceux que vous préférez.

Mme Florian avait le don du commerce. Elle sut à merveille persuader Octavia de prendre plusieurs chemises de nuit, des jupons, chemisettes et dessous assortis.

– Passons aux robes, à présent! continua-t-elle.

Ses employées firent plusieurs fois l'aller et retour à la voiture qui les avait amenées. Elles déployèrent un véritable arc-en-ciel de couleurs, toutes plus fraîches les unes que les autres. Octavia avait toujours cru que les tons pastel seyaient mieux aux blondes mais, à force d'essayer des modèles aux tons éclatants, elle fut bientôt convaincue qu'elle pouvait porter toutes les couleurs sauf le jaune vif.

Chaque robe était accompagnée de ses accessoires : gants, ombrelle, chaussures, sac à main... La chambre était transformée en un salon de couture en pleine saison!

Octavia revêtit des tenues de ville, de promenade et de soirée, chacune plus somptueuse et plus élaborée que la précédente. Seule une reine aurait été digne de ces merveilleuses toilettes, pensait la jeune fille.

– Je ne peux me décider, murmura-t-elle enfin. Je dois d'abord parler à M. Gordon, avant de l'entraîner dans des dépenses aussi inconsidérées.

La couturière parut étonnée. Avant qu'elle ne produise de nouveaux arguments, Octavia dit très vite :

– Je crois entendre sa voiture. Voulez-vous m'attendre cinq minutes, le temps que je lui dise quelques mots?

Elle dévala l'escalier en trombe. Elle ne s'était pas trompée : Kenneth descendait d'un fiacre.

– Bonjour, Octavia! Cette robe vous va à ravir. J'espère qu'elle vous plaît.

Seulement préoccupée par l'ampleur des dépenses, la jeune fille n'avait pas pris garde à sa tenue : elle portait une fraîche robe de mousseline imprimée, toute garnie de volants et resserrée à la taille par un large ruban de satin.

Elle joignit les mains dans son désarroi.

– Kenneth, la couturière est ici! Elle veut me faire acheter une montagne de toilettes qui doivent coûter des sommes folles!

Cet appel angoissé fit apparaître un sourire chez son compagnon.

– Mme Florian a reçu mes ordres. Elle se contente de les exécuter.

Octavia posa la main sur son bras, dans un geste implorant.

– Ecoutez-moi, je vous en supplie! Vous êtes très bon de m'offrir de quoi remplacer ce que j'ai perdu, mais je ne peux accepter que cela. Il n'y avait pas de robe du soir dans ma petite malle!

Comme son compagnon ne répondait rien, elle proposa :

– Est-ce que ce ne serait pas plus économique d'acheter un seul modèle et de le faire copier par des artisans locaux, dans des tissus différents. Ma mère me disait que les tailleurs orientaux sont d'une très grande adresse et savent reproduire un vêtement dans ses moindres détails, sans oublier les accrocs et les reprises!

Le sourire de Kenneth s'agrandit. Il secoua la tête :

– Non! les essayages sont trop ennuyeux, assura-t-il. Et n'oubliez pas que je vous dois la vie sauve!

Octavia revint au pied de l'escalier, toujours indécise. Il la rappela :

– Dites à Mme Florian de se presser. Il est midi passé. Notre déjeuner est prêt.

Son ton autoritaire empêcha que se prolonge la conversation. Octavia monta l'escalier en courant et entra dans sa chambre.

– Je garde les quatre tenues de ville et les deux robes du soir! jeta-t-elle, hors d'haleine.

La couturière était enchantée. Elle exprima ses remerciements dans un anglais volubile et se retira bientôt avec ses assistantes, non sans avoir promis de renvoyer dans la soirée les deux ou trois pièces qui avaient besoin d'une retouche.

Octavia prit le soin de se recoiffer, puis rejoignit Kenneth dans la salle à manger.

Il portait un costume de tussor blanc, une cravate rayée – aux couleurs d'un régiment, selon toute apparence – et une chemise d'étoffe légère, attachée aux poignets par des boutons de manchettes en or.

Il n'avait plus rien de commun avec l'aventurier d'Alexandrie.

– Racontez-moi ce que vous avez fait ce matin, dit la jeune fille en s'asseyant en face de lui.

– Je suis allé sentir le vent. Les choses ont évolué depuis que j'ai quitté Le Caire.

– Aurait-on retrouvé M. Lantier?

Kenneth secoua la tête.

– Hélas! Aucun témoignage, aucune indication sur son sort! Les gens bien informés pensent qu'on le retient prisonnier. Il ne devrait être relâché qu'après ma disparition.

Octavia poussa un cri.

– Vous devez quitter la ville! Tout de suite! Vous devez bien connaître quelque endroit retiré où vous seriez en sûreté?

– Ne craignez rien. Nous sommes tous deux bien protégés. Vous ne vous en doutez pas, mais des agents britanniques surveillent notre résidence, outre la famille d'Hassam. Je vous assure que personne ne peut s'introduire ici.

Kenneth Gordon parlait avec calme, de sa voix posée habituelle. Octavia se sentit gagnée par sa conviction mais, en même temps, elle se disait qu'il était facile de lancer un couteau par une fenêtre ouverte, ou de tirer un coup de feu.

– Vous n'avez rien à craindre, insista Kenneth.

– C'est à vous que je pense!

– Ma vie a donc de l'importance à vos yeux?

– En doutez-vous! Je suis si inquiète que je ferais n'importe quoi pour vous aider. Malheureusement, je ne vois pas comment m'y prendre. Je ne peux que faire des vœux.

– Je vous en suis très reconnaissant. Vous m'avez sauvé la vie deux fois, et le proverbe dit : « Jamais deux sans trois! »

Octavia faillit objecter que la seconde fois, c'est elle qui avait attiré le tueur en se penchant par la portière. Mais elle se rappela que le combat aurait tourné tout autrement s'il n'avait pas eu lieu dans le train. Aussi détourna-t-elle la conversation.

– Que comptez-vous faire cet après-midi? Permettez-moi de vous accompagner!

Elle parlait sans réfléchir et s'aperçut soudain de son indiscrétion. Sans doute Kenneth n'avait aucune envie de s'encombrer de sa présence!

Cependant, loin de froncer les sourcils d'un air excédé, il sourit et proposa au contraire :

– Que diriez-vous d'une paisible conversation sur la véranda? Je pourrais ensuite vous montrer quelques-unes de mes trouvailles. Dans la soirée, je vous emmènerai voir les pyramides.

– Vraiment? C'est mon plus cher désir!

– Je suis ravi de voir que ce programme vous convient.

Ils prirent donc le café dans la véranda. Un des fils d'Hassam faisait mouvoir avec régularité une natte suspendue au plafond grâce à un système astucieux de cordes et de poulie; le mouvement créait une légère brise rafraîchissante. Octavia était étendue sur une chaise longue, les pieds surélevés. Elle ne pouvait s'empêcher de comparer le confort de cette maison à sa vie de Birkenhall.

Là-bas, c'était une lutte continuelle contre la poussière qui envahissait les chambres, les salons, les corridors... Et il lui fallait laver le linge et la vaisselle; Mme Coles avait refusé de s'en charger, car elle souffrait du dos. Et surtout, elle avait le plus grand mal à trouver de quoi manger!

Le dernier jardinier du domaine avait pris sa retraite dans le village; c'était un homme âgé et perclus de rhumatismes. Quand il le pouvait, il venait sarcler le jardin, planter quelques légumes, arracher les pommes de terre pour Octavia.

Mais, la plupart du temps, c'était elle qui se chargeait de tous ces travaux. Elle cherchait les plantes comestibles qui avaient courageusement poussé parmi les mauvaises herbes. Elle ramassait des pommes, des pêches et des prunes sur de vieux arbres fruitiers encore productifs.

Elle avait conclu un marché avec le fils d'un fermier : il avait le droit de piéger du gibier dans les bois jadis protégés par un garde-chasse, et apportait au château un cinquième de ses prises.

Comme le garçon tenait scrupuleusement sa parole, des lapins de garenne, des lièvres ou même un faisan venaient parfois garnir le maigre cellier de Birkenhall.

Il arrivait aussi qu'un paysan offre un pigeon ou un canard. Octavia les accommodait en pâtés pour son frère. Elle trouvait difficile de plumer les volailles et préférait les lapins, car le jeune chasseur en conservait la peau.

Quand elle était seule, elle vivait des œufs de quelques poules à moitié sauvages. Ce menu ne convenait guère à Tony qui se plaignait de la nourriture à chacun de ses séjours.

– A quoi pensez-vous? demanda Kenneth. Vous êtes triste.

– Je pensais à ma vie en Angleterre.

– Racontez-moi : où habitiez-vous?

Un instant, Octavia eut envie de se confier. Quel soulagement d'ouvrir son cœur et de partager ses peines!

Mais elle secoua la tête et dit simplement :

– Je ne veux pas évoquer des souvenirs pénibles dans un cadre si beau!

– Pourquoi votre existence était-elle si pénible? Et pourquoi êtes-vous partie pour un si long voyage, avec un compagnon qui vous a abandonnée dès que vous êtes arrivés à Alexandrie?

Le mépris était tellement présent dans la voix de Kenneth Gordon qu'on devinait sans peine que le comportement de Tony l'avait choqué.

– Je vous en prie, dit-elle avec empressement, parlez-moi plutôt de l'Egypte, que vous connaissez si bien! Je confesse mon ignorance. Et j'en ai honte!

Kenneth eut un sourire indulgent.

– Je ne vais pas vous accabler d'une leçon d'histoire ancienne! C'est par la sensibilité que l'on est capable de saisir l'âme de ce pays. Vous êtes ici tout près de Memphis, l'une des capitales du pharaon Ramsès, la cité du soleil : c'est pourquoi les Grecs l'appelaient *Héliopolis*.

Octavia avait convaincu son interlocuteur de lui raconter ses campagnes de fouilles.

Les Egyptiens avaient récemment découvert que le moindre objet sorti de leur sol excitait la convoitise, non seulement des touristes, mais des collectionneurs du monde entier. Et ils avaient commencé à creuser n'importe où, sans méthode ni précautions.

Lorsqu'ils découvraient une tombe, ils saccageaient aussitôt les sculptures et les fresques, mutilant les murs à jamais. Ils trouvaient parfois plus simple de voler les trésors patiemment accumulés par les archéologues, si ces derniers commettaient l'erreur de ne pas les mettre en lieu sûr. Octavia s'étonna :

– Personne ne les en empêche?

– Nous sommes sur nos gardes! Mais comment blâmer ces gens qui sont parfois très pauvres?

– En outre, les objets d'art sont l'œuvre de leurs ancêtres lointains et leur appartiennent... N'éprouvez-vous pas parfois une certaine amertume, quand des merveilles sont achetées par de riches clients qui n'ont pas assez de goût et de culture pour les apprécier?

– Certes! Mais je me dis, pour me consoler, que le sous-sol de l'Egypte recèle encore beaucoup de bijoux, de bronzes, de statues, et que dans des centaines d'années on trouvera toujours de précieux témoignages du temps des pharaons!

– N'êtes-vous pas optimiste?

– Peut-être, mais je le crois.

Octavia n'osait pas lui confier que son plus grand rêve était de l'accompagner sur l'un de ses chantiers, pour voir comment les sites étaient repérés, puis dégagés; ce devait être chaque fois une prodigieuse aventure!

Toutefois, elle comprenait qu'il ne devait pas être encombré par sa présence. D'ailleurs, quand il reprendrait ses travaux, elle serait retournée en Angleterre...

Kenneth alla chercher dans le salon quelques-uns des objets qui lui appartenaient. Il lui raconta l'histoire de chaque pièce, les circonstances de sa découverte, l'époque de sa gloire. Il précisa que ses trouvailles les plus précieuses étaient à l'abri dans le coffre-fort d'une banque.

Octavia émit timidement quelques opinions personnelles. Jusqu'alors elle n'avait pas eu l'occasion d'affirmer ses goûts; son père l'écoutait d'une oreille distraite, préférant la conversation des belles dames de Londres ou celle des hommes de son âge, ayant les mêmes souvenirs et les mêmes intérêts.

En cela, Tony était comme son père, et quand il s'adressait à Octavia, c'était pour se plaindre de la nourriture ou se vanter de ses succès féminins.

La jeune fille jugeait son intelligence bien limitée, mais elle préférait se taire!

Kenneth Gordon, lui, l'écoutait avec attention, sollicitait son avis et ne critiquait pas ses observations. Peut-être montrait-il cette indulgence car c'était la seule invitée.

Il lui parlait d'égal à égal, sans condescendance. Le temps passait vite en sa compagnie, et Octavia fut surprise quand il déclara :

– Il ne faut pas arriver trop tard aux pyramides. Je veux que vous les voyiez au soleil couchant. Pouvez-vous être prête dans dix minutes?

Elle bondit de son siège et demanda :

– Que dois-je mettre? Une autre robe? Un chapeau?

– Je vous trouve très bien comme ça.

La jeune fille courut dans sa chambre se donner un coup de peigne et prendre un châle, au cas où la fraîcheur tomberait avec la nuit.

Quand elle aperçut son image dans le miroir, elle crut voir une étrangère, une Parisienne à la mode, plutôt que la fille ruinée d'un père trop dépensier!

Son corsage à fleurs moulait son buste et la

corolle de sa jupe s'épanouissait en frous-frous gracieux, sous la ceinture moirée.

Elle aimait sentir contre sa peau le contact de la lingerie de soie, luxe qu'elle n'aurait pas imaginé s'offrir! Son jupon était de linon brodé. Elle préférait ne pas penser au prix de ces toilettes...

Mais elle avait été incapable de refuser ces somptueux cadeaux! Kenneth Gordon avait tenu à la dédommager pour la perte de sa pauvre malle de vêtements.

Qu'était devenu ce réceptacle de ses modestes biens? Elle y avait glissé, entre ses toilettes défraîchies, quelques photos, des lettres, des babioles sans valeur, souvenirs de son enfance. Peut-être pourrait-elle se rendre à la gare où devait exister un bureau des objets perdus?

Elle ne devait pas faire attendre son hôte, aussi s'arracha-t-elle à son reflet pour se précipiter vers l'escalier. Une victoria très élégante stationnait devant la porte de la maison; aucune comparaison avec le vieux fiacre de la veille!

Octavia ne voulait pas être indiscrète : elle ne posa aucune question sur l'origine du véhicule. Elle y monta et les deux chevaux noirs qui le tiraient se mirent en route.

La jeune fille fut contente de traverser à nouveau le quartier résidentiel, admirant sans réserve les jardins fleuris et les larges avenues bordées de palmiers. La voiture longea ensuite un très vaste cimetière musulman où les tombeaux ressemblaient à des maisonnettes. Personne n'y circulait, sauf quelques vieillards paraissant ne plus tenir que par un souffle à la vie.

Ensuite la route se mit à monter pour gagner le plateau de Gizeh. Les grosses tours du fort médiéval de Saladin apparurent sur la droite, dorées par le soleil.

– Vous allez découvrir les pyramides, annonça Kenneth. Les Egyptiens les ont bâties comme un témoignage de leur croyance en l'immortalité de l'âme. Vous me direz quelles impressions elles éveillent en vous.

Le ciel commençait à s'empourprer à l'ouest. Il faisait encore très chaud. La jeune fille attendait, le cœur battant.

La victoria gravit une dernière côte et, soudain, le plateau entier apparut aux promeneurs.

– Les pyramides...

Sans avoir clairement conscience de son geste, Octavia saisit la main de Kenneth et la serra de toutes ses forces.

– Alors? Comment les trouvez-vous?

– Je suis surprise... J'ai vu des reproductions du sphinx et des pyramides, j'ai lu plusieurs descriptions du site, mais la réalité est bien différente : c'est peut-être le soleil couchant qui donne aux formes cette patine si émouvante! Après tout, ce ne sont que d'énormes pierres entassées les unes sur les autres...

– Seriez-vous déçue?

– Non! Je m'explique mal! Il me semble que l'apparence cache ici quelque chose de très significatif et très secret, comme un appel, ou une sorte de message...

La voix de la jeune fille devint presque inaudible. Elle eut un geste d'excuse.

– Je dis n'importe quoi! Je ne trouve pas mes mots.

– Au contraire, je vous comprends parfaitement. J'ai ressenti cette même interrogation lorsque je suis venu pour la première fois, voilà cinq ans. J'éprouvais une intense satisfaction de l'esprit devant ces volumes géométriques, simples et rationnels. Mais je sentais qu'il y avait quelque chose sous cette architecture. Et je ne parvenais pas à me formuler clairement de quoi il s'agissait.

– Dans ce désert de pierres, la vie est présente...

– Oui, c'est cela. Et l'intelligence humaine s'y affirme avec tant d'évidence!

Kenneth donna l'ordre au cocher de faire halte. La nuit tombait. Les premières étoiles apparaissaient au levant.

Tout était serein, silencieux, intemporel. La rumeur de la grande métropole ne montait pas jusqu'au plateau.

Un des chevaux hennit et la jeune fille se trouva ramenée au présent. Elle tourna les yeux vers son compagnon et s'aperçut qu'elle tenait toujours sa main avec une énergie si grande que ses jointures lui faisaient mal.

– Oh, pardonnez-moi!

Sa voix s'étrangla. Le visage de Kenneth était tout proche du sien et, dans son regard, elle pouvait lire son admiration. Cela ne dura qu'une seconde. Il se pencha pour donner un ordre en arabe au cocher.

Sans doute désirait-il rentrer car il se faisait tard. La jeune fille sentit un pincement au cœur : elle serait demeurée indéfiniment à s'imprégner de l'atmosphère paisible de Gizeh.

La victoria ne fit pas demi-tour mais progressa au contraire lentement vers les pyramides. Octavia comprit qu'elle allait voir le sphinx.

La nuit s'épaississait; les chevaux trouvaient leur chemin d'instinct. Les étoiles s'allumaient au ciel, et l'arc immense de la Voie lactée semblait s'ouvrir sur des profondeurs vertigineuses. Il n'y avait plus que les astres, et l'infini au-dessus d'eux.

Puis une masse sombre apparut; la voiture s'arrêta et, au même instant, la lune se leva, toute blanche, dégagée des brumes de l'horizon, presque pleine.

Elle éclaira le grand corps allongé, les pattes puissantes et la face énigmatique du sphinx, symbole de royauté, image du pharaon.

– Il fait face à l'Orient, dit Kenneth, afin de saluer le soleil levant.

– Le soleil qui ramène toute chose à la vie.

Kenneth ouvrit la portière de la voiture et aida sa compagne à descendre. Elle sauta sur le sol sablonneux. Puis il la prit par la taille et la conduisit vers la statue colossale.

La jeune fille renversa la tête pour mieux voir le clair de lune jouer sur la face mutilée du sphinx.

– Comme c'est beau! murmura-t-elle. Cette perfection existe donc...

– C'est exactement ce que je pensais, dit Kenneth, mais c'est vous que je regardais.

Etonnée, Octavia tourna les yeux vers lui.

Son visage restait plongé dans l'ombre. Elle devinait ses pommettes hautes, ses puissantes arcades sourcilières, son nez un peu busqué. C'était un visage d'aventurier plutôt que de savant! Mais elle savait toute la délicatesse qui se cachait sous ce masque autoritaire.

– Cette perfection existe donc... répéta lentement Kenneth.

Et ses lèvres se posèrent sur celles d'Octavia, comme une caresse très légère.

La jeune fille s'immobilisa, surprise et un peu déroutée. Elle ne s'attendait pas à ce geste d'une si grande douceur.

– Vous êtes plus belle que tous mes trésors! poursuivit-il d'une voix basse. Je n'arrive pas à croire que vous êtes là, bien vivante, bien réelle à mes côtés...

Et, cette fois, il la serra contre lui avec force,

faisant pleuvoir des baisers rapides sur son front, ses joues, son nez, sa bouche.

Etourdie, Octavia s'abandonnait à son étreinte, sentant naître en elle un élan qui la poussait à lui rendre ses baisers. Elle croyait flotter dans les airs, portée par une musique divine. Un grand bonheur l'avait envahie. Elle aurait voulu rester toujours dans ses bras.

Les lèvres de Kenneth devinrent plus avides et plus possessives lorsqu'il sentit la jeune fille vibrer sous ses caresses.

Elle noua ses mains autour de son cou et poussa un petit soupir de bonheur.

– Ma chérie... Comment tout ceci nous est-il arrivé? murmura-t-il.

– Je ne savais pas que je pouvais être aussi heureuse, chuchota la jeune fille.

Mais déjà Kenneth recommençait à l'embrasser, sans parvenir à se rassasier d'elle.

Tout disparut aux yeux d'Octavia, les pyramides, le sphinx et les étoiles. Il ne restait plus que lui. Le clair de lune se déversait sur eux, faisant battre son cœur et jaillir un feu d'artifice éblouissant.

Enfin, après un siècle ou une seconde, Kenneth releva la tête.

– Nous devons rentrer, mon amour.

La jeune fille protesta :

– Non... Plus jamais nous ne retrouverons de pareils instants!

Kenneth éclata d'un rire tendre et frémissant.

– Je vous ferai connaître un bonheur plus grand encore, ma chérie! Mais rentrons tout d'abord chez nous!

Il la reprit par la taille et la conduisit jusqu'à la voiture. Le sable était encore chaud de l'ardeur du soleil. Les chevaux attendaient en silence et le cocher restait immobile comme une statue.

Ils montèrent dans la victoria qui repartit vers Le Caire. Octavia posa la tête sur l'épaule de son compagnon.

– Ce n'est pas possible... je rêve! murmura-t-elle. Et je voudrais ne jamais me réveiller...

– Le rêve est devenu réalité. Pour moi comme pour vous. J'aurais dû comprendre, lorsque j'ai aperçu pour la première fois vos cheveux blonds, que le destin nous avait réunis au moment le plus imprévisible, et que nous ne pouvions ni l'un ni l'autre lui échapper!

Octavia se souvenait surtout que le destin avait failli les séparer à tout jamais quand l'homme du train avait brandi son poignard.

– Si vous m'aimez, Kenneth, prenez soin de vous! supplia-t-elle. Car s'il vous arrivait quelque chose, je crois que j'en mourrais!

Les bras de Kenneth se resserrèrent autour d'elle.

– Ne craignez rien. Nous nous sommes embrassés sous le regard du sphinx et nous sommes devenus immortels!

– S'il me faut attendre une réincarnation pour vous retrouver, je crains que ce ne soit bien long!

Kenneth posa un baiser sur le bout de son nez.

– Voilà pourquoi nous devons prendre le temps comme il vient, et en profiter!

Joignant le geste à la parole, il renversa la tête d'Octavia au creux de son épaule pour l'embrasser tout à loisir.

Aucun d'eux n'accorda le moindre regard aux tours de Saladin, au cimetière sous la lune, aux longues avenues de palmiers... En un éclair, ils furent de retour à la villa.

Sur le seuil, Hassam les accueillit et leur proposa un souper froid que tous deux refusèrent.

– Simplement du champagne dans le jardin, commanda Kenneth d'une voix pleine de sous-entendus.

Il se tourna vers sa compagne.

– Me ferez-vous le plaisir d'étrenner une de vos robes du soir? Nous avons quelque chose à fêter!

Octavia courut à sa chambre et ouvrit la penderie où étaient suspendues ses toilettes neuves.

Quel plaisir de passer les doigts sur ces taffetas, ces percales et ces mousselines aériennes! Les deux robes de soirée semblaient fort différentes, l'une toute plissée, d'un bleu profond, et l'autre blanche, brodée de paillettes irisées...

La jeune fille prit un bain et se décida pour la bleue, tellement seyante pour son teint de blonde. Elle se demandait qui l'aiderait à l'agrafer quand des coups discrets furent frappés à la porte.

Une jeune femme mince et fragile, peut-être l'épouse d'Hassam, ou sa fille, se tenait sur le seuil et s'inclina respectueusement. Elle ne savait pas l'anglais mais lui fit comprendre, par signes, qu'elle venait offrir ses services de camériste.

Octavia lui sourit, la remercia et se laissa coiffer et rhabiller par les doigts habiles.

Dans les grands yeux noirs de sa visiteuse elle pouvait lire une admiration naïve qui la toucha beaucoup. Elle renouvela ses remerciements et s'éclipsa en direction du salon.

Kenneth s'y trouvait déjà, debout dans la lueur des chandeliers. Sa pose était très étudiée; il portait un pantalon noir, une chemise bouffante et une large ceinture de soie rouge : un pirate! Voilà ce qu'il était!... Octavia le regarda en souriant. Il lui ouvrit les bras.

Elle courut vers lui, mais il l'arrêta d'un geste :

– Laissez-moi vous admirer! Vous avez très bien choisi parmi les créations de Mme Florian. Vous êtes si belle que tout doit vous rendre encore plus ravissante.

– Je trouve cette toilette somptueuse! Je crains qu'elle n'ait coûté fort cher...

– Le prix ne compte pas!

Il fit un effort visible pour détacher son regard du visage d'Octavia afin de l'examiner en détail.

La jeune fille pirouetta et fit voltiger sa jupe :

– Etes-vous satisfait?

– « Satisfait » n'est pas le mot juste. Je vous expliquerai ça tout à l'heure.

Elle se demanda pourquoi il ne parlait pas tout de suite, mais Hassam se présenta pour annoncer que le champagne et les coupes attendaient leur bon plaisir au jardin.

Le clair de lune baignait d'une lumière argentée la pelouse, les buissons et les sièges disposés autour d'une table.

Kenneth leva son verre.

– A la santé de la dame de mon cœur!

Octavia répondit à voix basse :

– A votre santé... Qu'elle reste bonne très, très, très longtemps!

Ils demeurèrent les yeux dans les yeux, à se regarder, oubliant de boire.

Un vent frais passa dans les branches et Octavia eut un frisson.

– Ma chérie, l'heure avance : il se fait tard, murmura Kenneth. Je vous propose de monter vous coucher.

La jeune fille voulut protester mais il lui ferma les lèvres d'un baiser. La prenant par les épaules, il la conduisit au bas de l'escalier; sans un mot, il la regarda monter les marches et se retourner pour lui sourire.

La jeune Egyptienne attendait Octavia. Elle lui

brossa les cheveux, suspendit sa robe dans la penderie et quitta la pièce avec un gracieux salut.

Restée seule, Octavia choisit une chemise de nuit diaphane, bordée de dentelle. Mais Kenneth n'était plus là pour l'admirer!

Elle se coucha et, comme elle se penchait pour souffler sa bougie, à sa grande surprise, la porte s'ouvrit.

Kenneth entrait, vêtu d'un peignoir blanc très semblable à celui qu'il avait emprunté à l'hôtel.

– Que se passe-t-il? Quelque chose ne va pas? interrogea vivement la jeune fille.

– Au contraire! Je suis très heureux de vous rejoindre, ma chérie, pour vous redire combien vous m'êtes précieuse!

Il s'approcha et s'assit sur le bord du lit, faisant face à Octavia.

– Je suis très touchée que vous vous soyez dérangé pour me dire ces compliments si flatteurs... Mais vous n'auriez pas dû venir dans ma chambre! dit-elle.

– Je sais que j'ai l'air de précipiter les choses. Ne m'en veuillez pas. N'est-il pas clair que nous nous aimons? Pourquoi attendrais-je pour vous faire mienne?

Octavia regardait fixement son interlocuteur sans comprendre.

– Voyons, ma chérie, vous n'êtes pas très bonne menteuse. Quand vous m'avez dit que votre compagnon de voyage était votre frère, j'ai tout de suite deviné que ce Tony vous escortait pour une raison toute différente! Je serai très heureux de le remplacer et de m'occuper de vous plus sérieusement!

– Que voulez-vous dire?...

– Je parlerai en termes plus clairs : je désire que vous m'apparteniez. En échange, vous aurez ma protection et mon amour.

C'était ce qu'Octavia voulait entendre de sa bouche mais, en même temps, elle était quelque peu surprise par sa manière de présenter les choses.

Kenneth se pencha pour l'enlacer. La jeune fille résista et le repoussa.

– Ne pourrions-nous en parler demain?

– Pourquoi parler davantage? Votre amant vous a quittée. Il ne vous aimait pas comme vous le méritez. Je vous jure bien que ce n'est pas moi qui vous abandonnerai avec vingt-cinq livres en poche!

La vérité frappa la jeune fille comme un éclair aveuglant. Elle sursauta.

– Comment pouvez-vous imaginer des choses pareilles? Et croire que Tony est mon amant? C'est mon frère! Je vous jure qu'il est mon frère!

– Vous espérez me faire croire ça?

La voix de Kenneth avait pris un ton métallique assez déplaisant.

– Mais c'est vrai! Je vous l'affirme! Tony m'a simplement laissée parce qu'il voulait suivre celle qu'il aime et qu'il veut épouser! Elle n'avait pas de cabine pour moi sur son yacht!

Kenneth recula un peu et considéra la jeune fille.

– Ce ne sont pas des histoires? De nouveaux mensonges?

– Mais non! Vous osez m'accuser d'avoir un amant! Je ne ferais jamais une chose aussi honteuse et aussi dégradante!

Sous le coup de l'émotion, elle s'empourpra tandis que ses yeux s'emplissaient de larmes.

A voix basse, elle avoua :

– J'avais peur de rentrer seule en Angleterre, à cause de ces hommes sur le bateau qui me regardaient avec insistance et passaient en me frôlant... A l'aller, Tony était avec moi pour me protéger. Mais au retour aurais-je su les tenir à distance?

Elle s'interrompit, secouée par les sanglots.

– C'est pourquoi j'ai accepté de vous suivre si volontiers... J'ai été heureuse de votre proposition. Je vous faisais confiance. Et voilà que vous me dites des horreurs et que vous m'insultez!

Kenneth restait silencieux et indécis.

– Je vous croyais différent des autres, mais je vois que vous ne valez pas mieux!

– Sérieusement, Tony est votre frère?

– C'est la vérité, je vous le jure! Il m'a amenée en Egypte où il voulait retrouver miss Vanderby; je ne pouvais pas rester chez nous toute seule. Il me disait que tout s'arrangerait quand nous serions au Caire... A ce moment-là, il croyait encore que le yacht remonterait le Nil, plutôt que de partir pour Constantinople!

Kenneth était ahuri.

– Je ne vois pas la différence...

– Mais si! D'après lui, Le Caire fourmillait d'Anglais célibataires et distingués! Il était sûr que je trouverais un mari en un rien de temps!

Elle vit Kenneth se redresser, la mine dédaigneuse.

– Comprenez-moi! supplia-t-elle. Je n'étais pas d'accord avec mon frère. Je ne me marierai jamais sans amour!

Kenneth Gordon se leva et se planta devant la fenêtre.

– Ainsi vous imaginiez naïvement, comme l'ont fait bien d'autres jeunes filles avant vous, qu'on décroche un mari sur un clin d'œil, dans cette ville!

Sa voix était dure et cinglante.

Octavia baissa la tête, éperdue de honte.

– Que pouvais-je faire d'autre que suivre mon

frère... Vous ne croyez tout de même pas que j'ai tenté de vous séduire pour vous forcer à m'épouser!

– Vous m'avez séduit, c'est vrai. Mais s'il est vrai que vous êtes jeune et sans expérience, votre frère est fou de vous avoir plantée là! Fou et inconscient.

– Il croyait que je prendrais le premier bateau pour l'Angleterre.

– Il le croyait! Mille et une circonstances pouvaient vous empêcher d'embarquer. En tout premier lieu, l'irruption d'un homme à peine vêtu dans votre chambre!

– J'ai eu peur de vous au début, mais j'ai très vite senti que je pouvais vous faire confiance.

– Je ne suis qu'un homme comme les autres, et vous êtes bien belle, Octavia!

– Personne ne me l'avait dit avant ce soir...

– Votre frère est un aveugle ou un idiot! En tout cas un goujat!

– Il avait hâte de retrouver miss Vanderby.

– C'est bien ce que je dis! Il pensait à lui et non à vous.

Ne supportant plus le ton méprisant de Kenneth quand il parlait de Tony, la jeune fille se rebella.

– Vous ne le connaissez même pas! Il est affectueux, charmant, généreux... Tout le monde l'aime! Hélas, il est toujours à court d'argent. Il n'a aucun moyen d'en gagner. Il est amoureux de Virginia, sincèrement amoureux. Il ne la recherche pas pour sa fortune!

Tandis qu'elle défendait son frère, Octavia se rendait compte que son discours décousu ne devait pas être très convaincant. Elle ne voulait pas mentir à Kenneth mais elle ne désirait pas lui dévoiler toute la vérité : lui révéler son nom et son rang serait une erreur. Il serait encore plus choqué par le comportement de Tony.

Et comment lui avouer qu'ils avaient tous les deux abandonné leur père sur son lit de mort, sans même assister à son enterrement?

Il les prendrait pour des enfants dénaturés; ce qu'ils étaient! Et elle qui avait choisi des robes de couleur parmi la collection de Mme Florian! L'idée de porter du noir ne l'avait pas effleurée.

Plus elle y réfléchissait, plus Octavia se disait que son histoire était à la fois incroyable, immorale et compliquée. Impossible de se justifier aux yeux de Kenneth!

Celui-ci lui tournait le dos. Il fixait le ciel étoilé, son attitude semblait aussi lointaine et détachée que s'il eût habité une autre planète.

– Je vous en supplie, dit-elle avec désespoir, ne soyez pas en colère contre moi!

Il haussa les épaules.

Alors, perdant tout contrôle sur elle-même, Octavia s'effondra en larmes sur ses oreillers.

– Je partirai! Je m'en irai demain! Puisque c'est ce que vous voulez... Vous serez débarrassé de moi!

Il se retourna lentement.

– Et où irez-vous? En Angleterre? Vous préférez cela?

– Non! Mais vous m'avez proposé d'être votre... maîtresse! Ma mère m'ordonnerait de vous quitter sur-le-champ!

– Elle aurait surtout dû vous ordonner de ne pas aller en Egypte!

– Ma mère est morte. Elle n'a pas eu le temps de m'expliquer ce que font un homme et une femme qui s'aiment. Je suis sûre que c'est tout à fait merveilleux, comme notre baiser devant le sphinx...

Mais je sais que nous n'avons pas le droit, que ce serait mal de...

Octavia pensait aux récits horribles de Mme Coles qui, de temps en temps, évoquait le cas d'une de ces « pauvres filles ».

Cela signifiait le plus souvent que la jeune fille en question attendait un enfant, qu'elle ne pouvait pas se marier avec le père, et qu'elle se jetait dans la rivière pour en finir.

Plutôt que de plaindre l'infortunée, Mme Coles concluait qu'elle avait choisi « la seule solution décente ».

Octavia n'avait jamais attaché beaucoup d'importance à ces ragots de village mais, à présent, elle se rappelait avec quel mépris et quelle dureté la vieille femme condamnait la pécheresse.

Kenneth revint vers le lit et y reprit sa place. Il examina longuement la jeune fille, ses yeux remplis de larmes, ses lèvres tremblantes, son air désespéré.

Comme il ne disait rien, Octavia tendit une main hésitante vers lui en murmurant :

– S'il vous plaît, pardonnez-moi...

– Je n'ai rien à vous pardonner. Je me suis trompé. Pour la première fois de ma vie, mon jugement m'a trahi, et je suis le seul à blâmer.

– Vous ne me demandez pas de partir?

– Non, bien sûr que non! Vous resterez ici jusqu'à ce que j'aie trouvé la meilleure façon de vous aider.

– Vous êtes fâché contre moi?

– Pas contre vous, mais contre votre frère et surtout contre moi-même.

La jeune fille poussa un soupir de soulagement. Elle détourna les yeux et demanda, très bas :

– Et vous ne m'aimez plus, naturellement?

– Je vous aime et je vous désire, mais je dois être

honnête avec vous. Comment pourrais-je vous épouser avec la vie que je mène?

– Vous avez prétendu que j'étais votre femme!

Cette remarque était si enfantine qu'il ne put se retenir de sourire.

– Je vous ai demandé de jouer ce rôle pour me sauver la vie. C'était tout à fait différent!

Octavia pensa soudain qu'il devait être merveilleux d'être la femme de Kenneth. C'était son plus cher désir...

Mais il ne voulait pas d'elle. A quoi bon rêver?

– Ne vous rendez pas malheureuse sans raison, Octavia, lui conseilla Kenneth en se levant. Dormez! Nous reparlerons de cela demain matin. Je trouverai une solution qui nous satisfasse tous les deux.

Il lui prit la main et y déposa un baiser.

– Faites de beaux rêves. Pensez au sphinx et aux pyramides, sous le clair de lune.

– Je penserai à vous, chuchota-t-elle.

Il ne l'entendit pas car il s'était détourné pour souffler la bougie. Sans regarder en arrière, il traversa la pièce et ferma doucement la porte derrière lui.

6

Octavia ne trouva le sommeil que très tard dans la nuit; au petit matin, elle tomba dans une sorte de torpeur, épuisée d'avoir trop pleuré.

Lorsque Hassam entra le lendemain matin dans sa chambre, avec le plateau du petit déjeuner, elle avait les yeux rouges et sa tête lui faisait mal.

Toutefois, après avoir bu son café, elle se sentit un peu remise. Kenneth pensait-il encore à elle?

En revenant prendre le plateau, Hassam déclara :

– Le maître est parti. Il rentrera très tard.

– Il sera là au déjeuner?

– Non, pas pour déjeuner.

Octavia sentit un affreux désappointement l'accabler. Toute la nuit elle avait réfléchi à ce qu'elle dirait à Kenneth quand elle le reverrait. Et même, à ce moment, elle avait failli se lever pour le rejoindre dans sa chambre.

Maintenant, à la lumière du jour, elle avait honte de cette impulsion; mais elle sentait néanmoins une sorte de force magnétique l'attirer vers lui...

Elle resta longtemps allongée sur son lit, luttant contre les larmes et croyant toucher le fond du désespoir.

Puis elle se dit que son attitude était stupide. A son retour, Kenneth la trouverait laide, le visage gonflé, les yeux battus.

Les femmes croient qu'en pleurant elles obtiendront tout, avait dit autrefois ce grand connaisseur qu'était Frankie Birkenhall. Elles ne se rendent pas compte qu'un homme apprécie bien davantage un sourire et de la bonne volonté!

Octavia était très jeune à l'époque; son père la faisait sauter sur ses genoux et lui avait assuré en riant qu'elle se souviendrait plus tard de ses conseils. Mais, en grandissant, elle avait surtout compris que le comte ne laissait derrière lui que des cœurs brisés.

Des lettres parfumées arrivaient par la poste, pendant ses séjours à Birkenhall. Il les écartait d'un geste dédaigneux et Octavia devinait sans peine que les femmes qui les avaient écrites ne comptaient pas pour lui.

Elle ne ferait pas la même erreur, elle ne s'accrocherait pas à un homme qui ne voulait pas d'elle. Grâce à l'argent de Tony, elle prendrait le train pour Alexandrie et trouverait, pour un prix modique, un passage sur un bateau.

Même si Kenneth protestait par politesse et voulait la retenir, elle voyait clairement qu'elle le gênait. Et ce serait un crève-cœur de l'aimer en silence, sans rien recevoir en retour.

Pourtant, devant le sphinx, lorsqu'il l'avait embrassée, il était très épris... Et le regard admiratif qu'elle avait perçu... Les sentiments de Kenneth changeaient-ils si vite?

La jeune fille savait que son départ serait pour elle un déchirement. Toutefois, supporter la froideur de Kenneth serait pire encore.

Quant à devenir sa maîtresse, elle ne s'y abaisserait jamais. Elle se souvenait de son émotion lorsque Tony lui avait parlé des amies de leur père; il en riait en insistant sur le fait que ces affaires de cœur ne duraient jamais très longtemps. Et pendant que les délaissées versaient des larmes, le comte allait chercher ailleurs des distractions, c'est-à-dire une autre ravissante créature!

Je ne deviendrai pas comme elles, songeait la jeune fille. Je me sentirais dégradée, salie. Ma mère considérait cette attitude comme un péché, l'Eglise également.

A Birkenhall, tous les dimanches, elle se rendait au village dans la petite église paroissiale. Elle faisait le chemin à pied, aller et retour, c'était loin mais pas une fois elle n'y avait manqué. Elle confiait à Dieu ses soucis et le priait pour qu'un peu d'argent arrive de Londres, afin qu'elle pût réparer la maison et payer les gages des derniers serviteurs.

Elle priait surtout pour que son père revienne définitivement et que tous les trois reforment une vraie famille. Sa mère leur manquerait toujours mais, ensemble, ils pouvaient être heureux de nouveau...

Hélas, le comte était revenu amer et dépouillé de tout. Sa présence avait été un fardeau supplémentaire, jusqu'au jour de son attaque, jusqu'au jour de sa mort.

J'aimerais tant une famille, une vraie famille, avec des enfants à moi! pensait-elle à présent. Mais pourrai-je trouver le bonheur avec cette tache dans mon passé? Cette tache dont mes proches pourraient rougir?

Pour finir, elle revenait à la même conclusion : elle devait rentrer en Angleterre.

Elle y était résolue, mais...

Elle se sentait perdue à l'idée d'être seule dans le train, dans le port d'Alexandrie, sur le bateau... Elle ne pourrait pas s'offrir le confort d'une cabine sur un paquebot de la *Peninsular and Oriental.*

Mais le souvenir du navire qui l'avait amenée avec Tony depuis Tilbury la faisait frémir.

Octavia se leva, s'habilla et descendit dans le jardin. La chaleur y était accablante. Elle vint chercher refuge sous la véranda avec, présente à l'esprit, la même question oppressante : Que vais-je devenir?

Elle déjeuna seule dans la salle à manger. Le repas était délicieux, servi avec diligence par Hassam, joliment présenté dans de la porcelaine des Indes, mais la jeune fille ne put avaler que quelques bouchées.

Elle reprit sa faction sur la véranda, espérant à chaque instant voir arriver Kenneth; elle conclut qu'il faisait exprès de ne pas rentrer car il était mécontent de la savoir là.

Hassam lui apporta cérémonieusement un journal.

– Il vient de Londres, Lady! Ce n'est pas le journal d'ici. Il n'a que cinq jours!

– Comment faites-vous pour avoir si vite les nouvelles? s'enquit Octavia.

– Lord Cromer est très fort. En train jusqu'à Marseille, puis par le bateau. Encore par le train. Et le Caire. Voilà!

Il était enchanté, comme si c'était lui qui avait transporté le journal, en messager ailé.

Octavia sourit. Elle déploya le *Morning Post* et chercha la rubrique nécrologique : l'annonce du décès de son père y figurait peut-être. Mais l'édition était trop récente. Le faire-part avait été mis par leur homme d'affaires plusieurs jours avant : elle l'avait manqué.

Elle tourna distraitement les pages. Il était surtout question des troubles au Bengale et de l'activité minière au Klondyke.

Soudain, au bas d'une colonne, un titre attira son attention.

FANTASTIQUE DÉCOUVERTE
DANS UN MANOIR DU KENT

De notre envoyé spécial

Nous avons signalé la semaine dernière la disparition d'une figure bien connue des meilleurs cercles londoniens : Frankie Birkenhall, quatrième comte du nom. Il avait succombé à une attaque cardiaque dans sa propriété de famille, sise à Meadowfields, dans le Kent.

Les hommes d'affaires du défunt ont fait appel à des experts afin d'évaluer les objets d'art, meubles et autres articles de la succession. Parmi les tableaux, a été découverte une œuvre portant la signature d'Holbein le Jeune, qui a aussitôt suscité un vif intérêt chez les connaisseurs.

Depuis toujours, cette peinture avait été identifiée comme le portrait de l'ancêtre des Birkenhall, qui aurait reçu le manoir en récompense des services rendus à la Couronne.

Il faut signaler à nos lecteurs que le château était à l'origine un prieuré. Le roi Henri VIII ordonna la fermeture du monastère et disposa du bâtiment selon son bon plaisir. Or, il semble à présent que le portrait est en réalité celui du dernier prieur : une première restauration fait apparaître qu'il s'agit d'un homme d'Eglise.

Les experts s'étonnaient du poids du tableau, lequel est d'assez petite taille. En démontant le cadre, ils ont découvert qu'il était creux et contenait des barres d'or massif.

Les directeurs de la National Gallery, désireux d'acheter cette œuvre d'une très grande qualité, pensent qu'elle a servi de cachette au prieur, qui se sentait menacé. Il avait converti les richesses de son abbaye en lingots, et accroché le tableau dans un coin à l'écart, espérant qu'il échapperait aux investigations.

Ainsi, pendant des générations, les comtes de Birkenhall ont vécu près d'un trésor sans soupçonner son existence. On recherche activement l'héritier du titre pour l'informer de cette découverte sensationnelle.

Octavia eut besoin de lire trois fois l'article pour se convaincre qu'elle ne rêvait pas. Abasourdie par ces nouvelles incroyables, elle sentit une grande joie se lever dans son cœur. Ses prières étaient enfin exaucées!

Tony pouvait revenir au château la tête haute. Il rendrait à Birkenhall sa splendeur passée et il n'aurait pas besoin de l'argent de Virginia!

Le portrait étant celui d'un prêtre et non d'une personne de la famille, il ne faisait pas partie de l'héritage inaliénable : aussi pouvait-on le vendre pour une somme fabuleuse...

Quel cadeau de la Providence!

Seigneur, merci! Oh, mon Dieu, je vous remercie!

Tony devait être prévenu sans délai! Kenneth saurait probablement comment joindre le yacht de miss Vanderby, ancré dans le port de Constantinople.

Et, surtout, quel soulagement de pouvoir rembourser les dettes de leur père! Jusqu'au dernier penny! Pas une ombre ne ternirait sa renommée.

Mon Dieu, que vous êtes bon! Merci, Seigneur, de toute mon âme!

Sa gratitude s'envolait vers le ciel.

Saisie d'un doute soudain, Octavia relut l'article pour se persuader que tout était vrai. Puis elle reprit son attente, espérant à chaque instant voir Kenneth surgir à la grille. Elle était si excitée qu'elle se sentait beaucoup moins malheureuse.

Certes, une petite boule dans sa gorge lui rappelait qu'il ne l'aimait pas autant qu'elle-même l'aimait...

Comme l'heure avançait, elle se mit à s'inquiéter. Peut-être ceux qui en voulaient à sa vie le menaçaient-ils?

Hassam vint la trouver dans le jardin où elle marchait de long en large, incapable de tenir en place.

– Un message du maître, Lady!

– Oh, dites-moi vite!

– Il est occupé et triste d'être loin.

La jeune fille aurait voulu demander ce qui retenait Kenneth, mais le serviteur ne saurait probablement pas lui répondre.

– Ce soir, il y a un grand dîner chez Lord Cromer. Soyez prête à sept heures et faites-vous belle. Le maître rentre à sept heures.

Octavia poussa un petit soupir déçu : elle n'aurait pas le temps de parler à Kenneth. Elle ne pourrait pas lui révéler son nom, lui montrer l'article du journal et lui demander de prévenir Tony.

Elle était secrètement heureuse de dîner avec lui mais elle devinait que la réception devait être liée à son travail d'une certaine façon. Kenneth ne pensait pas lui réserver son temps; il voulait simplement qu'elle l'accompagne au titre d'épouse.

Bien avant sept heures, Octavia monta dans sa chambre pour se changer, sans enthousiasme. Il lui restait à étrenner sa toilette blanche, très habillée, ornée de broderies de paillettes. Elle conviendrait parfaitement à une soirée chez Lord Cromer; elle avait quelque chose d'une robe de mariée. Le cœur de la jeune fille se serra : elle ne porterait jamais pour Kenneth une semblable parure...

Après avoir pris son bain, elle essaya diverses coiffures compliquées devant son miroir. Ses cheveux, très souples, se prêtaient aux arrangements les plus divers, mais Octavia se décida pour son habituel chignon sur le sommet de la tête.

La jeune Egyptienne vint l'aider à agrafer son corsage dans le dos. Puis elle fit mine de chercher quelque chose : Octavia comprit qu'elle souhaitait agrémenter la toilette avec des bijoux. Avec une mimique amusée, Octavia expliqua son complet dénuement. La servante sourit, eut un air entendu et s'éclipsa.

Cinq minutes plus tard, elle revenait portant avec précaution une resplendissante fleur d'hibiscus, aux pétales immaculés et au cœur rose et noir. La tige était serrée dans du coton mouillé, lui-même pris dans une mince feuille de papier d'aluminium.

Elle fit signe à Octavia de s'asseoir et planta la fleur dans ses cheveux, sur le devant du chignon, légèrement penchée, avec un sens esthétique tout instinctif.

Sept heures sonnèrent. Kenneth n'était pas rentré.

La réception avait-elle été annulée?

La jeune fille commençait à le croire quand elle entendit une voiture pénétrer dans le jardin; puis un pas rapide monta l'escalier.

– Hassam! Viens m'aider, vite!

Et une porte claqua.

Octavia eut le temps de s'examiner en détail pendant qu'il se préparait. Sa robe de crêpe blanc était décolletée en pointe avec de petites manches bouffantes; les paillettes nacrées dessinaient deux lignes obliques sur le devant de la jupe et décoraient la courte traîne qui scintillait au moindre mouvement.

Les longs gants montant au-dessus du coude étaient du même crêpe, ainsi que le petit sac de soirée.

Pensant qu'il ferait peut-être frais, Octavia prit une écharpe bordée de marabout, digne de la plus grande séductrice, et se sentit prête à affronter la reine Victoria en personne.

Elle gagna tranquillement le salon et attendit les commentaires de Kenneth.

Il ne tarda pas à faire son entrée, et elle dut se rendre à l'évidence : c'était lui qui portait le costume le plus extraordinaire des deux. Il avait revêtu le plaid et le kilt d'un laird écossais et, sur sa veste de velours noir, étaient épinglées de nombreuses décorations, étoiles et ordres de toutes les couleurs. Un large ruban rouge passé à son cou supportait une croix en sautoir, incrustée de diamants.

La jeune fille resta médusée. Ce n'était pas seulement la splendeur de sa tenue qui la rendait muette, mais aussi l'intensité de son amour pour lui. Elle aurait tout donné, sa vie même, pour pouvoir se blottir dans ses bras un instant.

Mais elle resta dignement assise sur le bord d'un canapé, les joues roses d'émotion, tandis qu'il traversait la pièce pour venir s'asseoir en face d'elle.

– Je vous prie de m'accorder votre attention, Octavia. Ecoutez-moi bien, c'est très important.

Elle inclina la tête et il poursuivit :

– Le Résident général nous a invités ce soir. Il tient à la présence de mon « épouse »...

Le regard de Kenneth balaya la robe blanche, le boa de plume, la fleur d'hibiscus. Il acheva :

– Une épouse ravissante dont je suis fier et à juste titre!

Octavia se rappela ses déclarations de la nuit

précédente : il ne pouvait pas l'épouser à cause de son existence aventureuse... La jeune fille baissa tristement les yeux et détourna la tête.

– Nous sommes un jeune couple en voyage de noces. Et on ne nous annoncera pas sous le nom de M. et Mme Gordon, mais sous celui de Lord et Lady Mac Aintree. Aucun des invités du Résident ne sera dupe, à part son hôte d'honneur!

Il appuya sur les derniers mots.

– De qui s'agit-il?

– D'un certain Abdul Pacha! Le dîner est donné en son honneur.

La jeune fille devina qu'il y avait là quelque raison politique et demanda :

– Cet Abdul Pacha... N'est-ce pas celui que vous soupçonnez de préparer une révolution? Et qui, pour cela, cherche par tous les moyens à mettre la main sur les trésors de la tombe que vous avez découverte?

– En effet! Mes félicitations! Vous ne manquez pas d'intuition. Nous n'avons encore aucune preuve contre lui, de fortes présomptions seulement.

– Vous a-t-il déjà vu?

– Non, nous ne nous sommes jamais rencontrés. Si c'est bien notre suspect, il s'est contenté de dire à ses hommes d'abattre un certain Kenneth Gordon. Voilà pourquoi je dois lui être présenté ce soir sous un autre nom.

– Je comprends. Il ne devrait pas vous reconnaître. Mais il ne faut jamais sous-estimer un adversaire... Les choses risquent de mal tourner!

– La présence de Lord Cromer est ma seule garantie de sécurité. Quant au Résident, je vous assure qu'il est protégé contre toute éventualité.

– Est-ce vraiment raisonnable d'inviter Abdul Pacha?

– Nous espérons qu'il nous fournira quelque indice, dans ses paroles ou dans ses gestes... Nous avançons dans le noir. Tout renseignement nous sera précieux. Je vous demande instamment d'être vigilante et de noter tout ce qui vous paraîtra révélateur ou suspect.

– Volontiers! Mais, en réalité, j'ai déjà peur pour vous.

Kenneth sourit. Dans son regard passa une lueur de tendresse, la première depuis le début de leur conversation.

Il se leva.

– Nous devons partir. Ne commettons pas l'erreur d'arriver en retard. Faites très attention quand vous m'adresserez la parole, même si nous sommes seuls. En Egypte, les murs ont des oreilles, et même l'air qu'on respire!

Kenneth disposa l'écharpe sur les épaules d'Octavia. Ses doigts s'attardèrent, comme s'ils avaient leur volonté propre, et glissèrent en une caresse légère.

Puis, sur un ton plus sec et autoritaire que jamais, il lança :

– En voiture! Nous allons tout près d'ici.

La jeune fille souleva la traîne de sa robe et obéit. C'était la victoria de la veille qui attendait dans le jardin, cette voiture où ils s'étaient embrassés tout le long du trajet depuis les pyramides...

Kenneth s'en souvint peut-être car, une fois installé, il prit les mains gantées de sa compagne entre les siennes et dit avec douceur :

– Je suis désolé de vous avoir laissée seule toute la journée. Je n'ai pas pu vous rejoindre comme j'en avais l'intention.

– Je croyais que vous m'aviez oubliée...

La pression des doigts de Kenneth s'accentua...

– Comment vous oublier? Mais j'ai dû me consacrer à Lord Cromer et aux graves problèmes qu'il doit résoudre.

– Sa vie est-elle réellement menacée?

– Oui, mais nous ne savons pas de manière certaine si c'est par Abdul Pacha ou par une autre faction. Des observateurs ont signalé que sa résidence était le centre de nombreuses réunions secrètes; il parcourt l'Egypte en tous sens. Il s'est déjà rendu à Ceylan, mais ces présomptions ne sont pas des preuves tangibles.

Kenneth parlait à voix basse, penché sur Octavia.

On le prendrait vraiment pour un jeune époux très amoureux, pensa-t-elle avec tristesse.

– Il faut que je m'habitue à notre nom d'emprunt, dit-elle sur un ton faussement joyeux. Lady Mac Aintree, cela sonne bien!

– N'est-ce pas? Je trouve que ce titre vous convient parfaitement.

« Mme Gordon » aurait été mille fois préférable, de l'avis de la jeune fille! Leur patronyme commun les liait, le temps d'une soirée, et il fallait s'en contenter; Kenneth aurait pour elle des attentions de jeune marié pendant quelques heures.

Même si elle devait partir le lendemain pour Alexandrie, cette réception resterait un souvenir précieux tout au long de sa vie.

La maison où avait lieu la fête la surprit, et plus encore l'aspect de son hôte.

Kenneth ne lui avait pas précisé que le Résident général, maître officieux de l'Egypte, véritable souverain du pays, habitait le très simple consulat britannique.

La façade à colonnes donnait une impression de majesté mais l'intérieur, très sobrement meublé, rappelait plutôt un confortable cottage anglais.

Des serviteurs en livrée rouge et blanc accompagnaient les invités jusqu'au salon où se tenaient Lord et Lady Cromer.

Evelyn Baring, premier comte Cromer, était un gros homme rougeaud portant des lunettes cerclées d'or; ses cheveux blancs étaient coupés court de même que sa petite moustache. Il aurait pu être médecin ou avocat, mais l'intuition de la jeune fille lui fit percevoir la force d'une personnalité hors du commun.

L'intelligence brillait dans son regard. Il avait le port assuré d'un homme d'exception, sûr de son pouvoir et dont chaque parole devenait loi.

Octavia comprit pourquoi Kenneth était dévoué corps et âme au régisseur de l'Egypte.

Lady Cromer accueillait les arrivants dans une débauche de bouquets composés de fleurs rares. Jardinière émérite, elle consacrait tous ses moments de loisir à la culture d'espèces exotiques et recherchées.

Un huissier annonça « Lord et Lady Mac Aintree » devant une assistance déjà nombreuse, composée pour la plupart d'officiers britanniques accompagnés de leur épouse.

S'ils connaissaient Kenneth en tant que M. Gordon, aucun ne le montra, mais tous exprimèrent leur plaisir de rencontrer les nouveaux mariés.

La conversation banale oscillait entre les considérations météorologiques et les plus récentes festivités du Caire. On attendait l'hôte de marque.

Octavia se tenait près d'une fenêtre ouverte dans la façade du consulat. Elle vit arriver, quelques minutes plus tard, une voiture découverte de très grand luxe.

Presque allongé sur le siège arrière, un très gros homme était vêtu d'une tenue de soirée à l'européenne. Trois laquais et un cocher en livrée vert et blanc l'encadraient.

Ce costume rappelait celui des serviteurs de Lord Cromer; le rouge et le blanc devaient être les couleurs réglementaires réservées aux ambassades d'Angleterre à l'étranger.

Sans doute Abdul Pacha s'était-il délibérément inspiré des « envahisseurs » pour sa propre maison. Il avait choisi le vert, couleur sacrée de l'Islam, pour les parements et les turbans de son personnel.

La voiture s'arrêta devant le perron et Abdul Pacha, le bien nommé, en descendit pesamment. Il gravit les marches menant à la porte d'entrée suivi de ses trois valets de pied.

Octavia ne pouvait détacher les yeux du petit groupe qui arrivait à son niveau et soudain elle tressaillit : l'un des laquais avait tourné la tête et la lumière d'un flambeau éclaira vivement ses traits. Son visage ne lui était pas inconnu : Octavia aurait juré qu'elle était en présence de l'individu à la veste marron...

Elle s'éloigna de la fenêtre pour rejoindre Kenneth, absorbé dans une conversation avec un général couvert de médailles, témoignages d'une glorieuse carrière.

L'huissier annonça d'une voix de stentor « Son Excellence Abdul Pacha ». Lord et Lady Cromer le reçurent avec de grandes démonstrations d'amitié, puis le maître de maison le prit par le bras pour lui présenter ses invités à la ronde.

Comme ils progressaient de groupe en groupe, Octavia put étudier de plus près le nouvel arrivant : sa première impression se renforça. Elle n'éprouvait aucune sympathie pour le Pacha mais, au contraire, une défiance qui n'était pas très loin de la peur.

Elle décelait dans son regard un mélange de fanatisme et de ruse tout à fait inquiétant et les soupçons de Kenneth lui parurent plus que fondés.

Elle fut obligée de rassembler tout son courage lorsque Lord Cromer s'arrêta près d'elle et dit :

– Votre Excellence, je suis heureux de vous faire connaître un membre distingué de l'aristocratie écossaise, Lord Mac Aintree, et son épouse, Lady Mac Aintree. Ils nous arrivent tout droit d'Angleterre où vient d'être célébré leur mariage.

Octavia fit une courte révérence.

Elle n'osait pas prononcer un mot et frémit lorsque sa main gantée entra en contact avec celle de l'Egyptien.

Ce dernier s'adressait à Kenneth :

– Mylord, j'espère que vous appréciez votre séjour dans notre capitale?

– Nous ne sommes ici que depuis quelques jours, Votre Excellence, répondit Kenneth sur le ton affecté des grands voyageurs qui ont tout vu. Selon vous, le khamsin va-t-il encore souffler? J'avoue que je trouve ce vent de sable extrêmement désagréable...

– Je puis vous assurer que vous serez tranquille pendant une semaine ou deux.

La conversation se termina par ces mots, car Lord Cromer guidait son invité d'honneur à la rencontre d'autres invités.

Octavia jeta un coup d'œil troublé vers Kenneth et le vit froncer les sourcils comme pour la mettre en garde. Aussi s'empressa-t-elle de bavarder gaiement avec le digne général qui était près d'elle.

Toutefois une sourde inquiétude était née en elle : elle était de plus en plus persuadée que le Pacha était un redoutable conspirateur. Et il était habile : on le devinait au premier coup d'œil! Il ne commettrait pas la moindre erreur et ne donnerait aucune prise à ses ennemis. Il pourrait même arriver à ses fins...

Octavia voyait déjà l'Egypte à feu et à sang, Lord Cromer assassiné, Kenneth mort.

Elle devait prévenir son « mari » de la présence d'un de ses poursuivants, mais comment lui parler en particulier? Lord Cromer avait fini les présentations et l'assistance fut priée de gagner la salle à manger.

Le général offrit galamment le bras à Octavia, tandis que Kenneth escortait l'épouse d'un aide de camp.

Dans la vaste pièce brillamment illuminée, un domestique en livrée se tenait derrière chaque siège. Toutefois, derrière l'une des chaises, à la grande surprise de la jeune fille, se trouvaient deux laquais en tenue vert et blanc, la livrée d'Abdul Pacha.

Pleine d'appréhension, Octavia étudia du coin de l'œil leur visage surmonté d'un turban étroitement serré, à la mode égyptienne, alors que les serviteurs de Lord Cromer portaient le leur plus bouffant, comme les Hindous.

Elle était sûre de retrouver chez l'un ou l'autre le nez crochu et la mâchoire lourde de l'homme d'Alexandrie.

Dès qu'il verrait Kenneth, cet individu le reconnaîtrait.

La jeune fille poussa un soupir de soulagement lorsqu'elle vit l'escorte du Pacha composée de deux autres valets.

Lord et Lady Cromer firent semblant de ne pas noter ce manquement à l'étiquette, plutôt blessant pour l'orgueil britannique. Chacun prit sa place. Les hommes étaient beaucoup plus nombreux que les femmes.

Abdul Pacha se trouvait à la droite de son hôtesse

avec, de l'autre côté, Kenneth. Octavia était, quant à elle, assise à gauche de Lord Cromer; elle leur faisait face et pouvait suivre leur conversation.

Les quelques épouses présentes étaient réparties çà et là, entre les habits sombres et les uniformes des messieurs. Elles portaient toutes des robes aux couleurs vives et des bijoux voyants. Octavia était la seule à ne pas être coiffée d'un diadème, et elle éprouva un sentiment de reconnaissance envers la jeune Egyptienne pour sa fleur d'hibiscus, tellement plus belle et simple.

Lord Cromer était un aimable causeur. Il entretint Octavia sur les merveilles de Karnak et de Louxor, et lui proposa de lui faire connaître la princesse Nadi Fazir, cousine du Khédive Ismaïl.

Le dîner se déroulait pour le mieux. Une plaisante atmosphère régnait parmi les convives. Kenneth racontait à son voisin une mésaventure qui lui était arrivée en bateau, durant son voyage vers l'Egypte, et son auditeur semblait très amusé.

Pour la jeune fille, cette scène était irréelle : des acteurs jouaient à la perfection une pièce longuement répétée...

Lord Cromer, dans le rôle de l'hôte irréprochable, se gardait bien de lui poser des questions embarrassantes sur son récent mariage ou sur son voyage de noces. Les invités s'adressaient à Kenneth comme s'il eût été un parfait inconnu. La maîtresse de maison prodiguait des sourires au Pacha, tandis que Kenneth rivalisait avec lui d'anecdotes et de bons mots.

Mais il n'est pas dupe! avait envie de crier la jeune fille. Il devine tout, il sait tout! Prenez garde!

Un frisson la secoua, et son autre voisin, le général, s'enquit avec sollicitude :

– Auriez-vous froid, milady? J'avoue que la fraîcheur qui vient avec la tombée du jour ici, en Egypte, est parfois traîtresse. Ma femme a mis longtemps à s'y habituer.

– Je trouve le climat très agréable, général. On m'avait fait craindre la chaleur du désert. A condition de ne pas remuer le petit doigt, elle est parfaitement supportable!

Quelle conversation banale... Octavia aurait bâillé d'entendre ses propres platitudes, si elle n'avait pas guetté le Pacha entre ses cils baissés. Le repas lui parut interminable. Elle fut soulagée quand Lady Cromer se leva et s'adressa aux dames.

– Laissons les messieurs à leurs liqueurs et montons au premier étage, je voudrais vous montrer mes dernières orchidées.

Elle ouvrit le chemin et, dans un froissement de soie, ses invitées la suivirent. Octavia n'avait jamais vu d'orchidées, aussi son admiration fut-elle sincère.

Elle s'extasia devant des variétés pourpres, jaune vif ou blanc immaculé.

– Cette espèce irait bien avec votre robe, Lady Mac Aintree, dit l'hôtesse avec amabilité. J'admire beaucoup ce modèle. Si je ne craignais pas d'être indiscrète, je vous demanderais le nom de votre couturière. Parisienne, je n'en doute pas!

La jeune fille ramena bien vite la conversation sur les fleurs, domaine où elle se sentait plus en sécurité. Pendant ce dialogue, les autres invitées se recoiffaient devant des miroirs tout en bavardant.

Lorsque Lady Cromer donna le signal du départ, Octavia s'attarda pour rectifier sa coiffure, à son tour.

Ces dames étaient déjà au pied de l'escalier quand elle sortit dans le corridor. Elle se hâta de les rejoindre et passa en courant presque devant les portes. L'une d'elles s'ouvrit soudain devant un domestique : il sursauta en voyant la jeune fille et se pencha en un salut très profond. Il portait un turban vert.

Pourquoi l'un des serviteurs du Pacha sortait-il d'une chambre au premier étage du consulat?

L'homme s'éloigna dans la direction opposée à celle de l'escalier. Il détournait la tête et cachait quelque chose dans sa main.

Frappée d'immobilité, Octavia le regardait fixement. Cette démarche furtive l'intriguait.

L'individu jeta un coup d'œil en arrière avant de disparaître et cela suffit à confirmer les soupçons de la jeune fille : c'était bien le troisième laquais. L'homme du train! L'homme à la veste marron.

Octavia porta lentement sa main à son front. Elle avait reconnu le tueur, et surtout la boîte qu'il tenait à la main...

Elle devait agir, mais avec la plus grande prudence.

D'un pas égal elle descendit l'escalier puis gagna le salon où se tenaient ces dames. Elle s'excusa auprès de Lady Cromer :

– J'avais oublié mon sac près des orchidées, allégua-t-elle. J'étais émerveillée par leurs formes et leurs couleurs, si bien que je n'avais plus la tête aux réalités pratiques!

– Votre si joli sac! Je regrette que vous vous en soyez souvenue! J'en aurais hérité avec grand plaisir!

La conversation devint générale et Octavia y prit part jusqu'au moment où elle entendit les messieurs sortir de la salle à manger. Lord Cromer ouvrait la marche avec Abdul Pacha, qui semblait de fort bonne humeur. Kenneth venait parmi les derniers : il s'attardait pour écouter un jeune aide de camp lui raconter de récentes manœuvres qui avaient eu lieu dans le désert.

Octavia se dirigea vers son « mari » comme toute jeune épouse amoureuse et attendit une pause dans la conversation pour demander :

– Mon chéri, je suis venue sans mouchoir. Puis-je emprunter le vôtre?

Elle savait sans avoir besoin de mots qu'il avait deviné son angoisse et qu'il était prêt à capter son message.

Kenneth fouilla dans sa poche pour trouver l'objet désiré et se tourna légèrement de façon à cacher la jeune fille aux yeux de l'assemblée.

– Merci beaucoup! dit Octavia d'une voix claire.

Et elle ajouta, très bas :

– L'homme d'Alexandrie, le tueur, a mis un scorpion dans la chambre de Lord Cromer!

Elle parlait vite, craignant que Kenneth ne puisse l'entendre. Mais il sourit de façon rassurante.

– Vous avez de la chance, je n'avais pas oublié le mien, ma chérie! N'oubliez pas de me le rendre.

– Merci encore!

Et Octavia s'écarta pour admirer des photographies encadrées d'argent et disposées sur un guéridon.

La plus grande était, bien sûr, celle de la reine Victoria.

– Le consulat est plein d'objets intéressants, dit-elle à un couple voisin.

– Certes! Chaque fois que nous venons ici, nous découvrons de nouvelles curiosités.

Octavia jeta un regard à la ronde et nota que Kenneth et l'aide de camp s'étaient éclipsés.

Ils étaient montés au premier étage...

Le cœur de la jeune fille se serra : elle avait peut-être envoyé à la mort l'homme qu'elle aimait. Ne risquait-il pas, en cherchant le scorpion, de se faire piquer lui-même?

Elle avait lu que ces animaux se déplacent très

rapidement et frappent avec la vitesse de l'éclair. Elle imaginait Kenneth soulevant des tentures, se penchant pour regarder sous les meubles, victime soudain de l'insecte mortel!

Il était beaucoup plus facile de donner la chasse à un homme qu'à un petit scorpion noir et vif! Elle avait envie de crier : Kenneth est en danger, il faut courir à son secours!

Pour se rassurer, elle se rappela ce qu'il lui avait dit en lui montrant sa collection de boîtes.

– J'ai moi-même capturé plusieurs de ces bêtes. Je sais comment on les approche pour les saisir sans courir le risque de se faire attaquer.

Puisque la Providence l'avait mise en face de leur poursuivant du train, et lui avait permis d'identifier l'objet qu'il cachait dans sa main, à présent la Providence devait protéger Kenneth!

Elle se souvint de sa mère lui expliquant, des années plus tôt :

– En ce monde, rien n'est perdu. Nous apprenons quelque chose et, beaucoup plus tard, à notre grande surprise, tel petit détail nous donne la clef d'un problème insoluble...

Et c'est ce qui venait de se passer.

Il avait suffi à la jeune fille d'apercevoir la boîte que l'homme cherchait à dissimuler pour qu'elle sût immédiatement de quoi il s'agissait. Elle avait compris immédiatement que ce serviteur furtif venait de déposer un scorpion dans la chambre de Lord Cromer.

Bien que cherchant à paraître détendue, Octavia était affreusement nerveuse et guettait tous les bruits venant de l'extérieur.

Lady Cromer s'avança vers elle :

– Abdul Pacha vous réclame, chère Lady Mac Aintree. Sa conversation avec votre mari, pendant le dîner, l'a beaucoup amusé et il serait heureux de faire plus ample connaissance avec vous.

Octavia s'assit à côté du Pacha en songeant qu'elle était perdue : il allait lire dans ses pensées. Elle se trahirait d'une manière ou d'une autre.

– Pourquoi avez-vous choisi l'Egypte pour votre voyage de noces? demanda-t-il avec onction.

Il parlait un anglais très pur, mais avec un très fort accent.

– Vous devinez ma réponse! Pour voir l'une des sept merveilles du monde, et remonter le Nil en bateau!

– Vous ne regretterez pas le déplacement. En outre, la saison est idéale. Vous n'aurez pas trop chaud.

– J'aimerais emprunter une grande felouque pour imiter Cléopâtre, mais cela nous prendrait trop de temps. Nous prendrons un bateau à vapeur, ce sera plus prosaïque mais plus sûr aussi!

– Comment un voyage pourrait-il être trop long en votre compagnie, milady?

Octavia ne savait que répondre à ce pesant compliment. Les paupières à demi closes du Pacha laissaient filtrer un regard qu'elle jugea plutôt déplaisant.

Il ne fallait surtout pas qu'elle cherche Kenneth dans l'assistance, Abdul Pacha ne manquerait pas de noter son absence. Mais elle était folle d'inquiétude car il aurait dû regagner le salon depuis longtemps.

– On m'a toujours vanté la beauté des Anglaises, continuait l'Egyptien. Vous avouerais-je qu'il m'a fallu attendre jusqu'à ce soir pour en avoir pleine confirmation.

– Vous m'intimidez... Je n'oublie pas que votre pays était déjà célèbre dans l'antiquité pour l'élégance de ses femmes, alors que nous, en Angleterre, étions encore vêtues de peaux de bêtes!

– Vous seriez ravissante, même sous un pareil accoutrement!

A ce moment précis, la porte du salon s'ouvrit toute grande. Kenneth entra flanqué de deux officiers britanniques; l'aide de camp les suivait. Tous étaient armés de pistolets.

Un lourd silence figea l'assemblée. Kenneth Gordon marcha lentement jusqu'à l'invité d'honneur et déclara d'une voix forte :

– Abdul Pacha, au nom de Sa Majesté la reine Victoria, impératrice des Indes, vous êtes accusé d'une tentative d'assassinat sur son représentant dans ce pays, Lord Cromer.

Quelques femmes présentes sursautèrent. Les hommes gardèrent leur sang-froid. Le Pacha ne fit aucun geste. Il gardait les yeux fixés sur le visage de Kenneth.

– Votre serviteur vient de passer aux aveux, reprit ce dernier. Il nous a révélé vos intentions. Vous pensiez vous débarrasser du Résident général grâce à une piqûre de scorpion... Vos autres domestiques sont eux aussi impliqués dans le complot. Ils sont aux arrêts.

Kenneth fit une pause, attendant en vain une protestation indignée. Au bout d'un moment, il reprit :

– Veuillez accompagner ces officiers qui vous conduiront au lieu de votre détention. Vous y attendrez la date de votre procès. Toute facilité vous sera offerte pour que vous soyez défendu par les meilleurs avocats.

Sans un mot, Abdul Pacha se mit lourdement debout. Les deux militaires qui se trouvaient derrière Kenneth vinrent l'encadrer.

Les trois hommes se dirigèrent vers la porte, mais, d'un mouvement incroyablement vif, le Pacha tira une dague de son habit et la plongea dans sa poitrine... Pendant un moment, il continua de marcher comme si rien ne s'était produit. Puis soudain, il s'effondra entre les deux hommes qui le maintenaient.

Imperturbables, les deux hommes le traînèrent hors de la pièce et Kenneth referma la porte sur eux. Un soupir général se fit entendre dans la salle, s'échappant des lèvres des invités.

Lord Cromer se dirigea non vers Kenneth mais vers Octavia. Il lui baisa la main avant de s'écrier :

– Merci, du fond du cœur! Grâce à vous deux, nos ennuis sont réglés! Vous avez été magnifiques et ma reconnaissance sera éternelle.

Tout le monde se mit à parler à la fois. Un général à la voix tonitruante se fit l'interprète de l'assemblée en frappant Kenneth sur l'épaule :

– Bon travail, mon garçon! Nous savons maintenant la cause de l'agitation qui a secoué le pays ces derniers mois. Remercions le Seigneur qu'il se soit fait justice. Cela simplifie grandement les choses!

Plus tard, Lady Cromer posa la question qu'Octavia redoutait :

– Mais voyons, Evelyn, comment a-t-on su qu'il y avait un scorpion dans votre chambre? Je frémis à cette seule pensée!

L'aide de camp prit la parole.

– Je puis vous renseigner, milady. Notre aimable informatrice n'est autre que Lady Mac Aintree.

Tous les regards se tournèrent vers Octavia.

– Quand je suis allée reprendre mon sac, dit la jeune fille d'une voix mal assurée, je me suis trouvée nez à nez avec un domestique portant un turban vert.

Le maître de maison intervint :

– Vous avez donc pensé que c'était un valet d'Abdul Pacha, et qu'il n'avait rien à faire au premier étage!

– C'est cela. J'ai été surprise par ses manières furtives et j'ai remarqué, dans sa main, une boîte d'un genre que je connaissais...

Kenneth vint soutenir son « épouse » d'un bras protecteur.

– Je lui ai montré hier une collection de ces objets anciens, qui servaient autrefois à transporter des scorpions, dit-il.

Octavia était gênée d'être le point de mire de l'assemblée. Aussi fut-elle soulagée quand l'un des officiers fit son entrée.

– Alors? lui demanda Lord Cromer de sa voix nette. Est-il bien mort?

– Il l'était déjà quand il a passé la porte, mylord.

Un brouhaha s'éleva et Kenneth en profita pour s'adresser à son hôte.

– Voulez-vous nous excuser, ma femme et moi? Elle est très fatiguée. Cette soirée l'a éprouvée. Permettez-moi de la ramener.

– Je vous comprends, mon ami, répondit Lord Cromer. J'informerai Sa Majesté de votre conduite courageuse à tous les deux. Vous avez rendu un très grand service à la Couronne.

– Merci, murmura la jeune fille avec émotion.

Kenneth la tenait toujours par les épaules et il l'entraîna vers la sortie.

Dans le vestibule, des serviteurs lavaient à grande eau le dallage maculé.

– Ne regardez pas, ma chérie! dit Kenneth.

Octavia leva les yeux vers lui. Elle faillit lui chuchoter qu'il n'avait plus besoin de se mettre en frais et que la comédie était finie.

Mais la lueur ardente qui transformait son expression lui fit baisser les paupières.

7

Sous le portique à colonnes, il faisait presque froid; heureusement la victoria ne fut pas longue à venir se ranger au bas du perron.

Saisie d'un vertige, Octavia se crut incapable de descendre les marches. Tout chavirait autour d'elle.

– Kenneth...

– Ce n'est pas le moment de vous évanouir, ma chérie. Nous avons eu notre compte d'émotions pour ce soir!

Il la prit dans ses bras et la porta jusqu'à la voiture.

Quand elle fut installée sur les banquettes confortables, la jeune fille laissa retomber sa tête et se sentit sombrer.

Kenneth lui tenait la main.

– J'aurais dû réclamer un cordial pour vous avant de partir. Je regrette de ne pas y avoir pensé. Mais le chemin n'est pas long et je vous donnerai quelque chose à boire dès que nous arriverons.

Sa voix semblait venir de très loin... Octavia luttait contre les ténèbres qui se refermaient sur elle. N'était-ce pas stupide de se laisser aller quand tout s'était terminé pour le mieux?

Mais, en fin de compte, était-ce bien vrai? Les choses s'arrangeaient-elles pour tout le monde?

Elle ouvrit les yeux pour scruter le visage de Kenneth.

Il souriait. Le clair de lune faisait briller son *cairngorm,* cette pierre que les Ecossais enchâssent traditionnellement dans la broche fixant leur plaid sur l'épaule.

– Ce costume vous va très bien, dit-elle d'une voix rêveuse. Vous devriez le mettre tous les jours...

– Pour fouiller dans le sable et les rochers? J'aurais sans aucun doute un franc succès auprès de mes fellahs!

Octavia eut envie de rire. Les ombres se dissipaient et elle voulut se redresser.

– Je me sens mieux à présent, affirma-t-elle.

– Non, vous ne devez pas vous agiter. Vous avez assez travaillé pour aujourd'hui!

Ce fut Kenneth qui se laissa aller à son tour dans les coussins; il attira la tête de la jeune fille contre sa poitrine.

– Chut, ne parlez pas! Je dois vous remercier, après Lord Cromer. En un clin d'œil vous avez permis de résoudre un grave problème qui nous tenait tous sur la brèche depuis plusieurs mois. Les gens des services secrets s'arrachaient les cheveux; et voilà que vous arrivez, avec votre robe pailletée et votre boa de plumes, pour nous remettre à notre place comme des écoliers!

Octavia riait de bon cœur à présent. Elle se sentait merveilleusement bien dans les bras de Kenneth. Tout était parfait. Le temps n'avait qu'à s'arrêter et demain ne jamais arriver.

Bien trop tôt, les grilles de la maison apparurent dans la nuit et la voiture s'arrêta dans le jardin.

Une chaude clarté émanait de la villa par les

fenêtres ouvertes. Le fidèle Hassam parut et vint ouvrir la porte de la victoria.

Kenneth descendit le premier, puis tendit les bras vers sa compagne.

– Appuyez-vous sur moi!

Octavia se sentait beaucoup mieux, mais elle fut heureuse de lui obéir. Il la conduisit au salon et la fit asseoir dans l'un des fauteuils de rotin.

– Hassam, apporte-nous du whisky avec de la glace!

Le serviteur se précipita à la cuisine et Kenneth approcha un siège de celui d'Octavia. Il souffla la plupart des bougies et prit place à côté de la jeune fille.

La lumière d'une simple lampe à pétrole nimbait les cheveux d'Octavia et faisait briller la nacre de sa robe.

– Comment une si ravissante jeune fille peut-elle être également aussi intelligente? Vous exagérez! Il faut en laisser un peu aux autres!

– J'ai eu de la chance. Je me suis trouvée là au bon moment. L'homme de main du Pacha croyait les dames redescendues. Il n'avait pas prévu une retardataire!

– Vous l'avez reconnu tout de suite?

– Oui. Je l'avais vu arriver avec Abdul Pacha. C'était l'individu d'Alexandrie et du train, celui qui regardait à l'intérieur des compartiments. J'ai craint qu'il ne soit derrière la chaise de son maître, dans la salle à manger : il vous aurait aussitôt reconnu! J'ai été un peu rassurée lorsque j'ai constaté qu'il s'agissait d'autres domestiques. Je me demandais néanmoins ce que faisait celui-là...

– Il cherchait la chambre de Lord Cromer. Il a dû se renseigner auprès des serviteurs du consulat. Et cela lui a pris du temps car ils avaient reçu la consigne de se taire.

– J'ai eu si peur. Ce scorpion aurait pu vous surprendre! Où l'avez-vous trouvé?

– Dans la pantoufle du Résident. C'était une bonne cachette. Il ne fallait pas qu'un simple valet soit tué, mais le maître de maison!

La jeune fille eut un frisson.

– Je ne veux plus jamais y penser!

Mais, quand elle serait en Angleterre, à Birkenhall, ne passerait-elle pas ses jours et ses nuits à se remémorer ces quelques jours vécus auprès de Kenneth?

Une larme qu'elle fut incapable de retenir glissa sur sa joue et son compagnon la remarqua.

– Vous êtes épuisée! N'importe quelle femme aurait eu une crise de nerfs... Hassam, vite! Nous attendons!

Le serviteur arrivait, porteur d'un plateau avec deux verres. En sentant l'odeur du whisky, Octavia plissa le nez.

– J'aimerais mieux un jus de fruits!

– Plus tard, si vous y tenez. Pour le moment, vous allez boire votre remède avec courage.

– Allons-y, puisqu'il le faut! Mais je n'aime pas le whisky.

– Pour ma part, je ne suis pas fâché de prendre un remontant. Après que vous m'avez informé, je me suis rendu au premier étage en priant le ciel pour que vous ne vous soyez pas trompée. Nous n'avions jamais pu prendre Abdul Pacha la main dans le sac. C'était un Oriental très habile. Une personnalité, dans son genre. Je lève mon verre à sa mémoire!

– Vous ne m'aviez pas crue? Vous pensiez que je me faisais des idées?

– Je ne suis pas très fier de moi... Pendant plusieurs années, j'ai été membre actif des services secrets et je me jugeais bien entraîné. J'avoue que j'ai trouvé mon maître! Vous avez réagi si vite et avec tant d'à-propos! J'en suis encore stupéfait!

– Ne me dites pas que vous avez l'esprit lent! Quand je suis venue vous réclamer un mouchoir, vous avez tout de suite deviné que je voulais vous parler.

Kenneth allait lui répondre lorsqu'un bruit de sabots sur le gravier du jardin lui fit tourner la tête.

Un visiteur arrivait à cheval.

Kenneth se leva et ouvrit la porte. Un jeune officier portant l'uniforme britannique entra bientôt en courant.

– Je voulais que tu le saches tout de suite, lança-t-il d'une voix haletante. Je viens de chez Abdul Pacha. Nous avons fouillé tout le palais. Beaucoup de documents intéressants! Et dans la cave nous avons trouvé...

– Lantier!

– Il est vivant! Il était enfermé couché sur une paillasse, dans l'état que tu peux imaginer... A bout de force et de résistance... Mais il s'en tirera. Nous l'avons transporté à l'hôpital militaire.

– Il a dû être content de vous voir!

– Ça, oui! Nous avons défoncé la porte; il pouvait à peine parler. Manque de nourriture, etc. Il a aussitôt demandé de tes nouvelles. Il croyait que les hommes d'Abdul avaient réussi à t'avoir.

– Ils y sont presque parvenus! Dois-tu retourner à l'hôpital ce soir?

– Veux-tu que je lui transmette un message de ta part?

– Oui, si cela ne te dérange pas. Dis-lui que je viendrai demain matin, quand il aura repris des forces après une bonne nuit.

– Entendu. Je file. Et bravo pour ce bon travail!

L'officier disparut avec un signe amical de la main et Kenneth revint, tout souriant, auprès de la jeune fille.

– Voilà une heureuse nouvelle pour clore cette mémorable journée. Maintenant, je vous propose de monter, Octavia. Vous avez besoin d'une longue nuit de repos, vous aussi. Et j'avoue que je ne serai pas fâché de dormir sur mes deux oreilles, ce qui ne m'est pas arrivé depuis un certain temps!

La jeune fille protesta :

– Il n'est pas si tard! Et j'ai eu si chaud dans le salon du consulat! L'atmosphère était étouffante avec tout ce monde. J'aimerais passer un moment dans le jardin avant de regagner ma chambre.

Si Octavia avait été parfaitement honnête avec elle-même, elle se serait avoué qu'elle cherchait surtout à prolonger leur tête-à-tête. Kenneth était proche et amical pour le moment mais, bientôt, il parlerait de séparation. Peut-être dès demain...

– Je crains que vous n'ayez froid, dans cette robe décolletée. Si vous tenez à sortir, prenez ma veste...

Octavia voulut refuser mais, déjà, il avait enlevé sa jaquette de velours étincelante de décorations pour la mettre sur les épaules de la jeune fille, qui s'écria :

– C'est vous qui allez prendre froid! Je ne peux pas accepter!

– Vous m'offensez : je suis un vieux briscard qui a connu tous les temps, dans tous les pays où mes missions m'ont conduit.

Kenneth ouvrit la porte de la véranda. Plusieurs lanternes vénitiennes éclairaient le jardin car des nuages couraient sur la lune et voilaient son éclat.

Prenant Octavia par la taille, Kenneth Gordon la

conduisit jusqu'au canapé. Ils y prirent place en silence, étroitement enlacés.

Doucement, la tête de la jeune fille s'inclina et vint reposer contre l'épaule de son compagnon. A travers la fine étoffe de la chemise, elle sentait sa chaleur.

Kenneth promena ses lèvres dans ses cheveux, puis suivit la ligne de son nez, pour trouver enfin sa bouche.

Il gémit et l'embrassa avidement.

Dans ce lieu où elle avait passé des heures désespérées, Octavia se sentit revivre. Elle avait été seule et misérable et elle se trouvait soudain comblée. Il lui parut que le ciel s'ouvrait et que Kenneth l'entraînait dans un paradis bien à eux où plus rien ne s'opposerait plus à leur amour.

Les baisers de Kenneth se firent plus doux et ils étaient comme la promesse d'une union durable et heureuse.

– Je vous aime, chérie... murmura-t-il au bout de longues minutes. Dites-moi ce que vous éprouvez, là, blottie dans mes bras.

– Je suis si heureuse! Oh, Kenneth, ne me demandez pas de vous quitter, ce serait trop cruel!

Sa voix tremblait. Peut-être allait-il, comme la nuit précédente, lui proposer d'être sa maîtresse? Aurait-elle à nouveau le courage de se refuser à lui?

Très délicatement Kenneth souleva d'un doigt son menton et plongea son regard dans le sien.

– Vous avez vaincu les dragons, mon petit saint Georges! dit-il en souriant. Aussi puis-je vous poser une question : quand m'épouserez-vous, Octavia?

La jeune fille devint très pâle et se raidit.

– Non, Kenneth, ne plaisantez pas! Vous m'avez affirmé la nuit dernière que vous ne pouviez envisager le mariage. Et j'ai compris vos raisons. Vous voulez de moi comme d'une... amie, et rien d'autre!

Les bras de Kenneth se resserrèrent en une étreinte presque douloureuse.

– Je vous veux à moi, comme je n'ai jamais rien désiré au monde!

Octavia frémit en percevant la passion qui passait dans sa voix, mais elle demeurait timide et déconcertée.

– Folle que vous êtes... Oh, Octavia, Octavia, je vous croyais intelligente! Or en ce moment vous semblez ne plus rien comprendre à rien! Ma chérie, n'aviez-vous pas cru que jusqu'à ce soir ma vie ne tenait qu'à un fil? Comment, dans ces conditions, vous offrir le mariage? Vous auriez risqué de vous retrouver veuve trois minutes après que je vous aurais passé la bague au doigt!

La jeune fille émit une protestation horrifiée tandis qu'elle nichait sa tête contre la poitrine de Kenneth.

– Si je vous avais chérie d'un amour désintéressé, poursuivit-il, je vous aurais embarquée pour l'Angleterre, plutôt que de vous impliquer dans une affaire qui aurait pu se terminer par la mort de Lord Cromer et la mienne!

Octavia mit ses bras autour de son cou.

– J'ai tant prié... Surtout ce matin et cet après-midi, quand je pensais que vous m'aviez oubliée...

– Je n'arrivais pas à détacher mes pensées de vous, pourtant, croyez-moi, les circonstances ne s'y prêtaient pas! J'ai passé la journée à interroger des informateurs. Je les ai traqués un peu partout dans la ville, déguisé en Arabe, et craignant à chaque instant pour ma vie... A présent, le cauchemar est terminé, grâce à vous!

Kenneth se remit à embrasser la jeune fille avec une ardeur qui lui montrait plus que des mots combien il l'aimait. Leurs cœurs battaient à l'unisson et leur souffle se mêlait lorsque Kenneth répéta sa demande :

– Octavia, quand m'épouserez-vous ?

– Maintenant ! Tout de suite ! Ou demain ?

– Voilà ce que je voulais savoir.

– Vous ne connaissez rien de moi ! Jusqu'à hier soir, vous me preniez pour une fille facile, abandonnée par son amant !

Kenneth posa ses doigts sur la bouche d'Octavia.

– Les circonstances vous faisaient paraître ainsi mais, au fond, j'avais compris que vous étiez pure et irréprochable. Quand je vous ai embrassée pour la première fois, devant le sphinx, j'aurais dû deviner votre inexpérience... Me pardonnerez-vous un jour, ma chérie ?

– Je n'ai rien à vous pardonner. Vous m'avez trouvée dans une situation qui pouvait donner lieu à toutes les équivoques. J'en ai bien conscience maintenant.

– Parlez-moi de vous ! Racontez-moi votre enfance, vos rêves, votre vie... Mais, croyez-moi, le plus important pour moi, c'est que vous êtes celle que je cherchais depuis toujours !

– Vraiment ?

– Quand j'entreprenais les fouilles d'un site et que je découvrais une fresque où un pharaon était entouré de femmes ravissantes, je ne pouvais m'empêcher de penser que je ne connaîtrais jamais le bonheur de Ramsès, par exemple, avec la reine Néfertari, et j'enviais tristement leur bonheur.

– Les pharaons avaient plusieurs concubines. Est-ce donc là ce que vous souhaitiez pour vous-même ? Ne suis-je à vos yeux qu'une femme parmi tant d'autres ?

– Non ! Mes sentiments pour vous sont très différents, Octavia. Et j'aurai besoin de toute ma vie pour vous le prouver.

– J'en suis heureuse! Mais comment pouvez-vous être si sûr de vous et parier sur toute votre existence? Peut-être vous lasserez-vous de moi avant?

Kenneth rit tendrement.

– Depuis que nous nous connaissons, je ne me suis pas ennuyé une minute!

Il prit un ton plus grave pour ajouter :

– Je me souviendrai toujours de votre expression quand je suis entré dans votre chambre, à l'hôtel. Je vous jure qu'à partir de maintenant je ne vous donnerai plus aucune raison d'avoir peur. En Egypte ou en Grande-Bretagne, je m'arrangerai pour que vous viviez dans la paix et la tranquillité.

– Merci... Je redoutais la solitude, c'est vrai, mais si vous êtes près de moi, je ne craindrai plus rien.

– Je ne comprends toujours pas comment votre frère a pu faire quelque chose d'aussi insensé que de laisser sa jeune sœur, belle et innocente, seule dans un endroit tel que le port d'Alexandrie!

Octavia rougit en entendant le mot « innocente ». Cela lui rappela la proposition trop libre qu'il lui avait faite la veille.

Une fois de plus, Kenneth devina ses pensées.

– Ma chérie, comprenez-moi! Vous m'aviez fait perdre la tête! Je me suis toujours vanté de lire à livre ouvert dans le cœur des hommes ou des femmes à qui j'ai eu affaire...

– Vous aviez de moi une bien piètre opinion!

– Mon intuition me soufflait que vous étiez un joyau sans prix, tandis que mon expérience du monde me rendait aveugle devant la vérité.

– Je vous aimais, de toute mon âme.

Elle fit cet aveu à voix basse, avec timidité.

– Marions-nous dès demain matin! En secret!

– Pourquoi? Kenneth, auriez-vous honte de moi?

– Vous êtes la créature la plus merveilleuse au monde, je suis indigne de devenir votre époux, je ne mérite pas d'avoir une femme aussi belle et intelligente... Mais n'oubliez pas que toute la colonie anglaise du Caire pense que nous sommes mari et femme.

Elle protesta :

– Ils savent aussi que nous avons utilisé un faux nom!

– Hum... En réalité, Octavia, ce titre est bien à moi et il sera le vôtre.

– Vous voulez dire... Vous êtes vraiment Lord Mac Aintree?

– J'ai déjà eu l'occasion de vous dire que j'avais dû récemment me rendre en Angleterre pour mes affaires. Eh bien, il me fallait régler la succession d'un vieil oncle, mort sans descendance, qui me léguait sa fortune et son titre, car j'étais son plus proche parent. Cela vous plairait-il de vous rendre un jour en Ecosse? J'y possède maintenant un vieux château près d'un loch, entouré de collines couvertes de bruyère!

– Mylord, très volontiers! Je vous suivrai partout, château ou pas!

– Je ne l'ai même pas visité en détail. Je n'en ai pas eu le temps. On me réclamait en Egypte. Lord Cromer connaissait mes états dans les Services secrets et voulait me charger entièrement de son problème numéro un : découvrir l'identité de l'agitateur qui mettait le pays en danger. J'ai accepté car je n'avais pas oublié mes années d'aventure, même si je suis comblé par mon nouveau métier.

– Celui d'archéologue?

– Exactement. J'espère que vous aimerez m'accompagner et travailler avec moi...

– Oh, vraiment? Je pourrai participer à vos missions?

– Je ne vous laisserai jamais derrière moi! Je vous assure, ma chérie, que désormais aucune découverte, aucune recherche de trésor n'aura plus de prix à mes yeux que ma vie auprès de vous.

– J'ai craint un instant que vous me demandiez de mener une vie de châtelaine, avec des réceptions et des mondanités... Je n'y tiens pas du tout!

Elle s'exprimait de façon si déterminée que Kenneth en fut étonné. Elle reprit :

– Vous m'avez révélé votre véritable identité; vous êtes un pair du royaume, et j'en suis très fière, mais ce que je désire c'est me marier avec un simple archéologue et devenir Mme Gordon!

– C'est bien Kenneth Gordon que vous épouserez. Tant que je serai en Egypte je garderai le nom sous lequel je suis connu. Mon associé, mes contremaîtres, les fellahs sont habitués à m'appeler ainsi. J'aime ces hommes simples et droits qui n'ont rien à voir avec les manigances d'Abdul Pacha.

– Ne me parlez plus jamais de lui! J'ai eu réellement peur pour vous à cause de cet horrible personnage!

– Quand nous nous rendrons en Angleterre, vous serez Lady Mac Aintree. Vous m'avez dit vous-même que ce nom vous plaisait.

– Oui, certes, c'est un beau titre.

Soudain, la jeune fille s'écarta de Kenneth.

– Oh, je suis trop égoïste! Je ne pense qu'à mon bonheur et j'en oublie Tony! Pourriez-vous faire quelque chose pour lui?

– De quoi s'agit-il?

– Pensez-vous qu'on puisse le joindre sur le yacht de miss Vanderby, ancré à Constantinople? J'ai une grande nouvelle pour lui, une nouvelle très importante!

– A part notre mariage, rien n'a d'importance pour moi en ce moment!

– Il faut absolument qu'il sache ce qui s'est passé chez nous!

L'excitation qui faisait vibrer la voix de la jeune fille éveilla la curiosité de Kenneth.

– Qu'est-il arrivé? Rien de grave, j'espère?

– Non, non, quelque chose de merveilleux, au contraire! Mais si je vous l'explique, je crains que vous ne soyez très fâché contre Tony et moi...

– J'aurais du mal à me fâcher contre vous. Et je désire tout connaître de votre passé.

– Nous ne nous sommes pas très bien conduits Tony et moi et nous avons eu grand tort... Nous aurions dû rester à Birkenhall à la mort de notre père! Tony a voulu que nous partions. Il l'a exigé et m'a entraînée.

– Excusez-moi de vous interrompre. Auriez-vous quelque lien de parenté avec « Frankie » Birkenhall?

– Je suis sa fille. Vous avez entendu parler de lui?

– Vous seriez la fille du comte qui est mort voici une quinzaine de jours?

Octavia acquiesça en silence.

– Si je le connaissais! On peut dire qu'il n'avait pas son pareil pour ce qui est du chic et de l'allure!

– Il était très apprécié, en effet, mais...

– Quand je suis arrivé à Londres pour la première fois, tout jeune diplômé d'Oxford, il fut pour moi une sorte de modèle. Je l'admirais et je l'enviais!

Une pensée sembla le frapper. Il s'enquit :

– N'était-il pas fort riche?

Octavia eut un petit rire sans joie.

– On le croyait, mais en vérité, il vivait d'emprunts. Ses dettes ont fini par atteindre des sommes astronomiques. Voilà pourquoi nous avons été contraints de fuir, Tony et moi!

Kenneth la regardait avec étonnement. Elle expliqua :

– Nous avons mal agi : nous aurions dû rester pour le faire enterrer. Mais si vous aviez vu l'état de notre pauvre maison... La misère des fermes! Il avait tout pris, tout raclé, pour faire bonne figure dans le monde et continuer à mener joyeuse vie.

L'expression de la jeune fille en disait plus long que ses paroles. Kenneth lui caressa doucement les cheveux en murmurant :

– Vous avez souffert, à cause de votre père.

Elle eut un sanglot étouffé.

– Comment vous expliquer! C'était terrible de le voir nous entraîner à la ruine. Nous nous sommes trouvés dans le dénuement complet! Je ne pouvais plus payer aucun domestique. Souvent, nous n'avions plus rien à manger...

Son ton changea soudain et elle se reprit :

– Maintenant, tout est différent!

– Pourquoi donc?

– Nous ne possédions pas le premier penny pour rembourser les créanciers de papa. Tony me convainquit que tous ces gens seraient furieux et désagréables avec nous, qu'il valait mieux partir pour ne pas les affronter...

La jeune fille leva des yeux timides vers Kenneth.

– Essayez de comprendre! Je sais que c'était mal! Mais nous pensions que cela ne servirait à rien d'écouter les doléances des prêteurs sur gages, leurs cris, leurs injures. Nous étions persuadés que nous ne pourrions pas les dédommager. A présent...

Oh, il faut que vous lisiez le *Morning Post*! Il est resté dans la véranda.

Elle courut jusqu'à la maison; Kenneth la suivit d'un pas plus mesuré.

– Tenez, au bas de la page, cet article-là! Vous verrez pourquoi je dois joindre Tony le plus vite possible! Nous n'avons plus besoin de nous cacher. Mon frère pourra payer toutes les dettes de mon père. Et il ne sera pas obligé d'épouser une héritière!

Kenneth prit le journal et l'approcha de la lampe pour le lire plus commodément. Il parcourut lentement la colonne tandis qu'Octavia étudiait son visage : elle craignait d'y lire une expression de mépris, du fait que Tony et elle n'avaient pas eu la force d'affronter les créanciers.

Le journal tomba sur le sol et Kenneth se tourna vers elle pour la prendre dans ses bras.

– Ainsi votre frère a trouvé lui aussi son trésor, comme moi le mien! Pour ma part, je n'ai pas besoin d'un Holbein ou d'un tableau truffé de lingots d'or : vos lèvres et votre cœur sont plus précieux à mes yeux!

Et il l'embrassa longuement.

– Kenneth, pourrez-vous joindre Tony? demanda la jeune fille un peu plus tard.

– J'irai à la poste centrale demain matin et je contacterai notre consulat de Constantinople. On préviendra votre frère; il devra rentrer immédiatement pour tout remettre en ordre. Et sans votre aide! Je ne vous lâcherai pas! J'ai trop besoin de vous...

– Est-ce que vous nous blâmez pour ce que nous avons fait?

– Je pense que vous avez eu raison. Vous ne pouviez rien rembourser, pas une seule des dettes de votre père, si minime fût-elle; aussi, cela ne servait à rien de rester sur place; vous vous seriez trouvés en butte aux injures et peut-être à des violences plus graves.

– Nous ne savions que faire, en effet! Oh, Kenneth, vous êtes si généreux de nous comprendre!

– Et vous, vous êtes si claire et si limpide, si honnête et si dévouée! Désormais, vous ne vous consacrerez ni à votre père ni à Tony, mais à votre mari. Vous vous êtes déjà occupée de moi, et très bien, mais je vais vous demander plus encore.

– Ne m'avez-vous pas promis de veiller sur moi, pour que je n'aie plus jamais peur?

– Je tiendrai ma promesse, n'ayez crainte! A partir de cet instant je ne ménagerai pas ma peine pour que vous vous sentiez en sécurité. Demain après-midi nous serons mariés par un aumônier militaire de mes amis, dans la plus stricte intimité, après que j'aurai réglé toutes nos affaires. Et, dans la soirée, nous embarquerons sur le yacht de Lord Cromer, pour remonter le Nil jusqu'à Louxor et Assouan. Il ne s'en sert jamais, il est trop occupé! Il m'a plusieurs fois proposé de l'utiliser; je passerai au consulat pour obtenir son accord.

Les yeux de la jeune fille brillaient comme des étoiles.

– Vous croyez qu'il vous donnera la permission? Moi qui rêvais de naviguer sur le Nil! Avec vous...

– Je faisais donc partie de vos rêves, Octavia?

Elle rougit en avouant :

– Je crois que je me suis éprise de vous dès ce premier matin, à l'hôtel...

– J'ai été plus rapide que vous, ma chérie. Quand j'ai vu votre profil et vos cheveux blonds par la porte entrouverte, j'ai été immédiatement conquis!

Prenant la jeune fille par la taille, Kenneth l'entraîna vers l'escalier.

– Nous devons dormir après cette dure journée! Je vais vous laisser, en songeant que, demain, vous serez dans mes bras sur les eaux du « Fleuve de vie » des pharaons!

Il ouvrit la porte de la chambre d'Octavia. La pièce était baignée de clair de lune et par la fenêtre entrait le parfum des fleurs d'orangers.

– Reprenez votre veste, dit Octavia. Merci de me l'avoir prêtée. Vos décorations sont magnifiques!

Kenneth lança le vêtement sur une chaise et serra sa compagne contre lui.

– J'ai été fier de les recevoir, dit-il. J'étais très heureux de ces croix et de ces rubans gagnés dans les services secrets. Mais mon bonheur d'alors ne peut se comparer à celui que je ressens aujourd'hui. Car il me semble que j'atteins le but suprême de ma vie. Tout homme rêve d'une épouse qui le comprenne et lui donne des enfants. J'ai trouvé mieux, la femme idéale, à la fois belle et intelligente, douce et courageuse...

Il couvrit de baisers le front, les joues et les lèvres d'Octavia.

La jeune fille sentit tout son corps frémir, non plus de froid mais d'une chaleur nouvelle qui était à la fois souffrance et plaisir.

– J'ai peur... murmura-t-elle.

– Pourquoi, mon cœur? Il n'y a rien ici qui puisse vous effrayer.

Elle ne répondit pas et, au bout d'un moment, Kenneth lui demanda :

– Auriez-vous peur de moi?

– Non, pas de vous, mais de ce que je ressens...

– Et que ressens-tu, mon amour?

– Le même sentiment que devant le sphinx, confia-t-elle après quelques secondes de réflexion, comme si la lumière de la lune, ruisselant sur nous, m'avait rendue légère et très lourde à la fois... Oh, je raconte n'importe quoi!

– Non! parle encore. Dis-moi que tu aimes être blottie dans mes bras.

– J'aime vos caresses, vos baisers : je ne me reconnais pas. J'ai l'impression d'être devenue une autre femme, plus libre et un peu folle!

Kenneth eut un rire très tendre.

– Mon innocente chérie! Quand nous serons mariés tout sera encore plus beau! Je t'apprendrai ce qu'est l'amour entre un homme et une femme qui se sont rencontrés comme nous.

– Mais je vous aime déjà, Kenneth!

– Tu m'aimeras plus encore : j'y veillerai, ma chérie!

– Quand j'étais seule et triste à Birkenhall, j'imaginais qu'un jour je rencontrerais un homme qui serait tout pour moi : un protecteur, un ami, un confident, et bien sûr un amant... Et puis je riais de mes rêveries en me disant que si une telle perfection existait sur la terre, nous ne nous rencontrerions pas. J'étais si seule là-bas... On peut dire que j'ai été gâtée; je ne parviens pas à y croire... Etes-vous bien réel?

Kenneth la conduisit jusqu'à la fenêtre.

– Regarde, ma chérie, ces branches qui remuent doucement dans le vent de la nuit. Au-delà de ce jardin s'étend la grande ville du Caire endormie. Et là-bas, invisibles mais présents, il y a les pyramides et le sphinx, et le Nil qui coule sous la lune, avec ses felouques aux voiles repliées comme les ailes des ibis sacrés.

Il fit un geste du bras vers l'est et continua :

– Demain le soleil, le dieu Amon, se lèvera derrière les collines qui bordent la vallée du fleuve. Les oiseaux déploieront leurs ailes, les felouques se laisseront glisser dans le courant. Et nous, nous embarquerons sur un bateau, moins gros que celui de Cléopâtre, mais qui nous mènera vers toutes les merveilles que je te ferai découvrir! Es-tu rassurée à présent?

– Oui. Notre union sera un long voyage d'amour...

Les baisers de Kenneth transportaient déjà Octavia dans l'univers irréel et vertigineux des étoiles.

– Je t'adore! chuchota-t-il.

Cinéma et TV

De nombreux romans publiés par J'ai lu ont été portés à l'écran ou à la TV. Leurs auteurs ne sont pas toujours très connus ; voici donc, dans l'ordre alphabétique, les titres de ces ouvrages :

A la poursuite du diamant vert 1667***	Joan Wilder
Alien 1115***	Alan Dean Foster
Aliens 2105****	Alan Dean Foster
Angélique, marquise des anges	voir page 18
L'ami Maupassant 2047**	Guy de Maupassant
L'année dernière à Marienbad 546**	Alain Robbe-Grillet
L'Australienne 1969**** & 1970****	Nancy Cato
Blade Runner 1768***	Philip K. Dick
Bleu comme l'enfer 1971****	Philippe Djian
La brute 47***	Guy des Cars
Cabaret (Adieu à Berlin) 1213***	Christopher Isherwood
Carrie 835***	Stephen King
Châteauvallon 1856****, 1936**** & 2140****	Eliane Roche
Christine 1866****	Stephen King
La couleur pourpre 2123***	Alice Walker
Coulisses 2108*****	Alix Mahieux
Cujo 1590****	Stephen King
Dallas 1387**** & 1550****	Burt Hirschfeld
Des fleurs pour Algernon 427***	Daniel Keyes
2001 - l'odyssée de l'espace 349**	Arthur C. Clarke
2010 - Odyssée deux 1721***	Arthur C. Clarke
Le diamant du Nil 1803***	Joan Wilder
Dynasty 1697** & 1894***	Eileen Lottman
E.T. l'extra-terrestre 1378***	Spielberg/Kotzwinkle
E.T. la planète verte 1980***	Spielberg/Kotzwinkle
L'exorciste 630****	William Peter Blatty
Les exploits d'un jeune don Juan 875*	Guillaume Apollinaire
Le faiseur de morts 2063***	Guy des Cars
Fanny Hill 711***	John Cleland
Fletch 1705***	Gregory Mcdonald
Le Gerfaut 2206****** & 2207******	Juliette Benzoni
Isaura 2200**	Bernardo Guimaraes
Jonathan Livingston le goéland 1562* illustré	Richard Bach

Joy 1467** & **Joy et Joan** 1703**	*Joy Laurey*
Kramer contre Kramer 1044***	*Avery Corman*
Le lendemain du crime 2199**	*Eileen Lottman*
Lethal Weapon 2231****	*Joel Norst*
Love story 412* & **Oliver's story** 1059**	*Erich Segal*
Mad Max au-delà du dôme du tonnerre 1864***	*Joan D. Vinge*
Michigan Mélodie 1289**	*Jacqueline Monsigny*
9 semaines 1/2 2259**	*Elizabeth McNeill*
Mission 2092***	*Robert Bolt*
Les oiseaux se cachent pour mourir 1021**** & 1022****	*Colleen McCullough*
Orphée 2172**	*Jean Cocteau*
Le paltoquet (On a tué pendant l'escale) 1647***	*F.-R. Falk*
Pavillons lointains 1307**** & 1308****	*M.M. Kaye*
La petite boutique des horreurs 2202*** illustré	*R. & L. Egan*
Platoon 2201***	*Dale A. Dyle*
Police 2021***	*Catherine Breillat*
Poltergeist I 1394***	*James Khan*
Poltergeist II 2091**	*James Khan*
Racines 968**** & 969****	*Alex Haley*
Rencontres du troisième type 947**	*Steven Spielberg*
Rosemary's baby 342***	*Ira Levin*
Sauve-toi, Lola ! 1678****	*Ania Francos*
Le secret de la pyramide 1945***	*Alan Arnold*
Le secret de mon succès 2216***	*Martin Owens*
Shining 1197****	*Stephen King*
Star Trek 1071**	*Gene Roddenberry*
Terminus 2122**	*Patrice Duvic*
Thérèse Humbert 1838**	*Laurence Oriol*
37°2 le matin 1951****	*Philippe Djian*
Les 39 marches 1862**	*John Buchan*
Tropique du crabe 2198***	*André Rossfelder*
Un mari c'est un mari 823**	*Frédérique Hébrard*
Vas-y maman 1031**	*Nicole de Buron*

2217
★★

Impression Brodard et Taupin à La Flèche (Sarthe)
le 5 juin 1987
1665-5 Dépôt légal juin 1987. ISBN 2-277-22217-8
Imprimé en France
Editions J'ai lu
27, rue Cassette, 75006 Paris
diffusion France et étranger : Flammarion